普 天 之 下 ・ 盡 是 好 書

普天出版家族
Popular Press Family

凌雲 A Plus Creative Company 文創

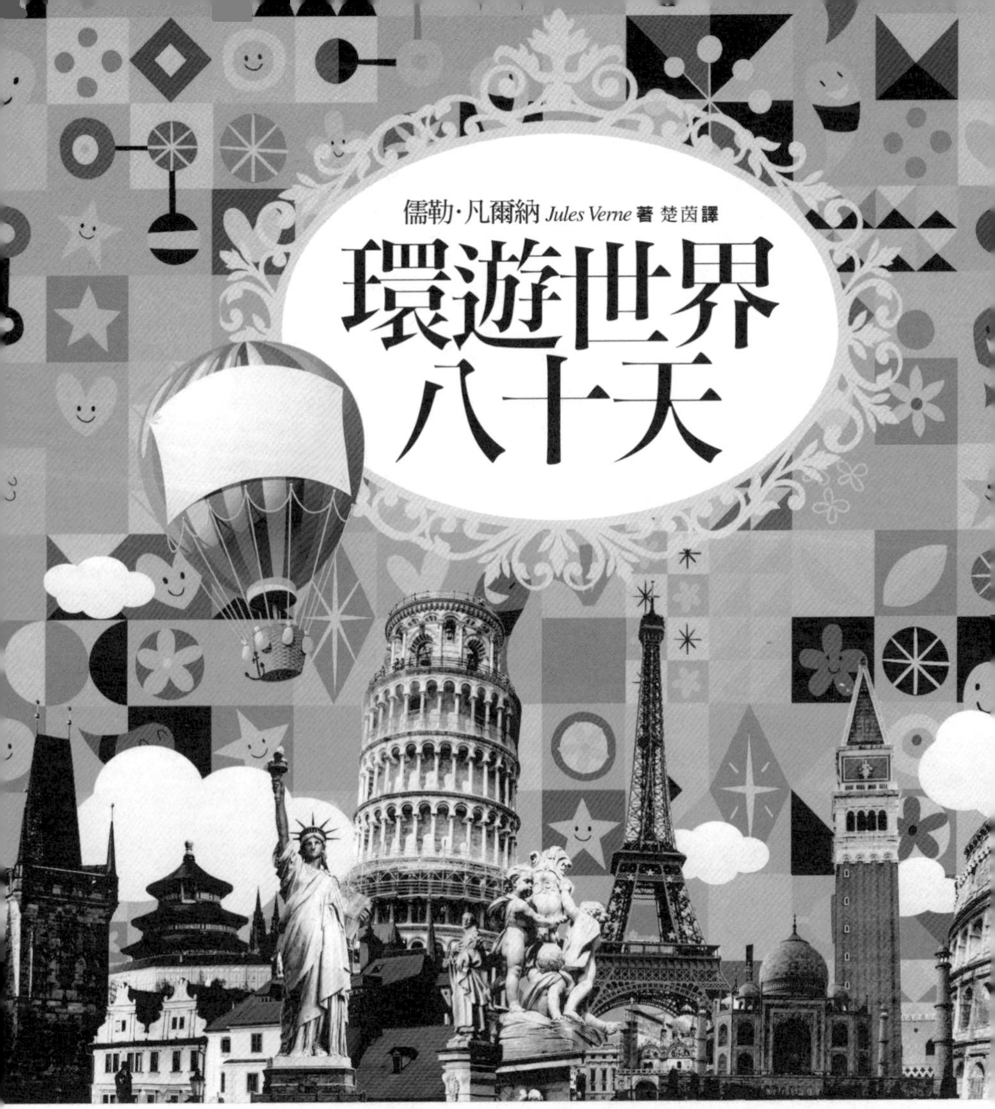

Le tour du monde en quatre-vingt jours

一場意外的賭約，費雷斯．福格帶著他的僕人「萬事通」，展開了為期八十天的世界之旅，
途中他們經歷了颶風、冰雪、火車掠劫……種種不可預知的風險，
在在考驗這對主僕能否順利完成任務。歐洲、非洲、亞洲、美洲，總長兩萬六千英哩的艱險路程，
萬一不能在八十天內環繞世界一周，費雷斯．福格的身家財產將會全部付諸東流……

【出版序】

預言人類未來藍圖的夢想家

●王　渡

整個二十世紀，有數不清的發明家、探險家、科學家從凡爾納的夢想中汲取靈感，即使到了二十一世紀，許多他提出的科學預言和假設，仍舊挑戰著人類想像力的極限。

眾所周知，人類登陸月球是二次世界大戰之後，美蘇兩大集團瘋狂進行太空競賽下的產物，至於探索深不可測的海底與地心深處，是否存在著銜接人類文明斷層的奧秘，也是直到二十世紀五〇年代以後科學家才積極介入的新領域。

如果說，早在十九世紀之時，人類就已經登陸了月球，與地外文明多次交鋒，甚且深入神秘的海底和地心進行探險，發現成群尚未滅絕的恐龍與亞特蘭提斯之類古文明遺跡，是不是太過駭人聽聞呢？

然而，事實卻是如此。這個人類有史以來最偉大的夢想家兼探險家，就是著名的法國文豪儒勒．凡爾納（Julies Verne），儘管他在進行這一切探險時是處於神遊狀態，後來才趴伏桌前振筆疾書，寫就了一部部膾炙人口的幻想小說，但是這又何妨？

每一個時代都是一個夢，一個即將誕生或毀滅的夢，人類不正是因爲懷抱著無窮夢想而屢屢創造出驚人奇蹟嗎？凡爾納的可貴之處，就在於運用優雅風趣的文字和馳騁時空的想像力，描繪出人類未來的生活藍圖。

儒勒．凡爾納素有「科學幻想小說之父」的美譽，但他不僅僅是個「奇異幻想巨匠」，更是個充滿遠見而又準確無比的預言家。他的科學預言並非天馬行空式的胡亂編造，而是以科學知識技術爲基礎，一筆一劃勾勒著人類的未來，在作品中虛擬出半個世紀，乃至於一個世紀之後才能出現的驚人科學成就。

例如，在他未出版的遺稿《二十世紀的巴黎》之中，就清楚地描繪出一百三十多年後人類的高科技遠景：使用汽油發動的汽車、由壓縮空氣推動的磁浮列車、傳真機和超巨型電腦……等等，此外，在其他著作中也提出火箭、潛水艇……之類的高科技產物。到了二十世紀，這些早已不是幻想小說的虛擬物品，而是真實改變人類生活型態的科技文明，這樣的驚人異想，怎能不令人佩服？

凡爾納一生中記下了兩千五百多本筆記，以豐富而又生動的想像，探索科技革命所帶來的種種可能性，也創造出了近一百部長篇和中篇小說。

從地上到天上，再到大海、地心，凡爾納以生花妙筆寫成的作品，已被譯成數十種語言在世界各地廣爲流傳，深受全球讀者喜愛。據聯合國教科文組織資料顯示，凡爾納是世界上作品被翻譯最多的十大名家之一。

或許，我們可以這麼說，整個二十世紀之中，有數不清的發明家、探險家、科學家從凡爾納的夢想中汲取靈感，然後化作積極研究的動力，大幅催生了現今的科技文明。即使到了二十一世紀，許多他在書中提出的科學預言和假設，仍舊挑戰著人類想像力的極限。

儒勒．凡爾納，一八二八年生於法國西部布勒塔尼省的海港南特，從小就酷愛科學、文學和幻想，尤其嚮往四處航海探險的生活。但是，他的父親是位成功而嚴厲的律師，一心希望他能繼承自己的志業，因此凡爾納的童年充滿著抑鬱。

十一歲那年，凡爾納按捺不住心中的渴望，偷偷溜上輪船當見習生，打算隨船遠颺印度半島，最後被心急如焚的家人尋獲，計劃因而失敗。返家後，凡爾納被父親狠狠揍了一頓，躺在床上流著淚說：「我保證，以後只躺在床上幻想環遊世界的情景。」

正是因爲童年的這次慘痛經歷，使凡爾納一生馳騁於幻想之中，不僅創作出爲數眾多的著名科幻作品，也寫下《環遊世界八十天》《魯賓遜叔叔》……之類神遊世界的冒險小說。

一八四七年，凡爾納十八歲，遵照父親的意思前往巴黎攻讀法律，可是他對法律絲毫不感興趣，沈浸於文學和戲劇領域，同時爲了一圓童年時的遨遊世界夢想，也涉獵天文、地理及航海等相關學問。

這段期間，他結識了大文豪雨果、大仲馬和小仲馬父子，也在這些文豪薰陶下試著創作，寫下航海家哥倫布等人的傳記。

大學畢業之後，他一心想投入文學和戲劇創作，遭到父親嚴厲訓斥，從此失去了經濟資助，不得不在貧困中獨自奮鬥。後來，在大仲馬提攜下，凡爾納與大仲馬合寫《折斷的麥稈》舞台劇本，上演之後深獲好評，在藝文界小有名氣。

一八五六年，二十八歲的凡爾納與妻子一見鍾情並結婚，從此在妻子支援下開始認真創作。在創作過程中，凡爾納深深感受到文學創作必須融入其他領域的知識，才可能在文才輩出的巴黎獨樹一格，例如大仲馬將歷史融進文學，而雨果則把社會倫理融進文學，因此他選擇了融入天文、地理及航海等自已較爲熟悉的知識。

一八六三年，凡爾納完成生平第一部科幻小說《氣球上的五星期》書稿，先後寄給十五家出版社，但每次都遭到退稿的命運。最後一次接到退稿信件，他的心裡無比沮喪，絕望得想從此封筆，於是落寞地走近壁爐，打算把書稿付之一炬。幸好妻子及時奪過書稿，安慰他再接再厲，也許不久就能找到慧眼識英雄的出版商。

凡爾納聽從妻子勸告，將書稿寄給第十六家出版社。這家出版社的經理赫哲爾讀完原稿，發覺他的作品中散發著與眾不同的迷人魅力，斷定他是個頗有才華與潛力的作家，不但馬上決定出版，還與凡爾納簽定了一紙長達二十年的出版契約，在二十年內，凡爾納的《在已知和未知世界中的奇異漫遊》系列作品，必須全部交由該出版社出版。

《氣球上的五星期》描寫的是乘坐熱氣球橫越非洲的冒險故事，問世後立即讓廣大讀者著迷，從此凡爾納聲名響徹歐陸與英倫三島，他的幻想小說更隨著無遠弗屆的穿透力遠征美洲新大陸及世界各國，被譽爲科學幻想冒險小說鼻祖。

成名之後，凡爾納持續進行著「在已知和未知世界中的奇異漫遊」，創作也進入多元化探索時期，他嘗試各種不同寫法，朝更多面向進行探索，每年出版兩本作品。這時期的作品包括《地心遊記》《從地球到月球》《環繞月球》《海底兩萬里》《神秘島》……等等，囊括了陸地、海洋和天空。到了成熟發展時期，則創作出《環遊世界八十天》《太陽系歷險記》《兩年假期》……等等優異作品。

凡爾納的作品表現了他對科學的深刻理解與文學方面的高深造詣，加上他所描繪的故事總是生動幽默、奇趣橫生，頗能激發人類內心熱愛科學、嚮往探險的熱情，所以一百多年來歷久不衰，一直受到世界各地讀者的喜愛。

法國凡爾納研究協會會長奧利維亞．蒂馬，曾經依據大量最新發現的資料及研究成果，撰寫了一本凡爾納評傳《凡爾納帶著我們去旅行》。

奧利維亞．蒂馬在書中指出一個重點，強調「和所有偉大的作家一樣，凡爾納有著平凡現實的一面。為愛情激動惆悵過，為前途迷惘無奈過，為生活拮据苦惱窘迫過，為抉擇徘徊奮爭過。苦樂、成敗、得失，凡爾納和芸芸眾生一樣遍嘗人間煙火，不同的是，橫溢的才華、神奇的想像、非凡的創造力，為他平凡的生活注入了非凡的元素，使他比普通人的生命更多了一層豐富和玄奧。」

一八八四年，天主教教宗在接見凡爾納時則曾說：「我並不是不知道您的作品的科學價值，但我最珍重的卻是它們的純潔、道德價值和精神力量。」

確實，凡爾納的成功之處正在於透過精神力量，把不著邊際的幻想變得近在咫尺，而且傳達出人類在冒險患難中所展現的熱情和價值。

凡爾納為數眾多經典著作中，最早經由譯介進入華人世界的，就是本書《環遊世界八十天》；至於在歐美，本書也曾多次轉換時空背景，改編成電影與電視影集。

故事描寫，英國國家銀行發生了一起重大的失竊案，損失金額高達五萬五千英鎊，而在在討論這個盜竊犯潛逃美洲的可能性時，神秘紳士福格與「改造俱樂部」的朋友打賭說，人類絕對可以在八十天內環遊地球一周。一場意外的賭約，使得福格帶著剛聘僱的僕人萬事通立刻啓程出發。

皇家警探法克斯根據嫌犯特徵認定，英國國家銀行的盜竊犯不是別人，正是假借打賭名義準備攜款潛逃的福格，於是便一邊要求倫敦當局發出逮捕拘票，一邊展開進行亦步亦趨的跟監行動，在這段冒險旅程中處處設法干擾、牽制，並且千方百計地想將福格逮捕歸案。

三個人展開了爲期八十天的世界之旅，途中經歷了種種意想不到的遭遇，例如從印度邪教的殉葬隊伍中拯救女主角艾娥達，在加爾各答差點遭到拘禁，萬事通醉倒在香港的鴉片館、流落橫濱街頭，福格在舊金山捲入選舉暴動，差點與美國軍官進行決鬥，此外，他們也經歷了南中國海與台灣海峽的海上颶風、搭上冒險飛躍危橋的列車、乘雪橇橫渡北美冰雪、在印第安人掠劫火車時進行殊死格鬥、爲了塡補燃料不得不進行燒船……。

種種不可預知的風險，在在考驗福格與萬事通這對主僕能否順利完成任務。歐洲、非洲、亞洲、美洲，總長兩萬六千英哩的艱險路程，萬一不能在八十天內環繞世界一周，福格的身家財產將會全部付諸東流，福格究竟是一個正人君子，還是僞善的銀行竊盜犯呢？他能不能贏得最後的勝利呢？

凡爾納擅長將科學理論與文學創作加以融合，創造出結合浪漫主義與現實主義的精采作品，而且情節驚險、人物生動，知識、趣味與想像融爲一爐，從本書就可得到充分印證。

CONTENTS

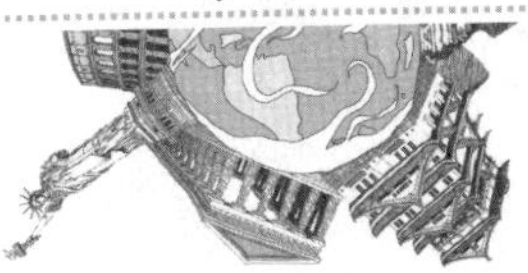

第2部

進入非亞大陸

成群的男女信徒，在恆河裡虔誠地接受聖河的洗禮。當現代化的汽船駛過，攪動了恆河聖水時，不知道那些神祇又將如何看待這個英國化了的印度呢？

CONTENTS

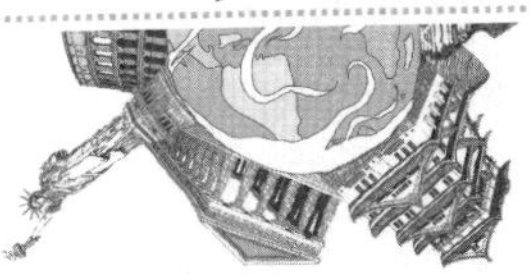

第3部 航向美洲

列車遭到一群蘇族印第安人攻擊，上百個人衝上踏板，就好像馬戲班裡表演的小丑般爬上車廂。槍擊聲和叫喊聲不絕於耳，許多車廂都變成了一個個小小的防禦堡壘。

CONTENTS

第4部 踏上歸途

他們終於踏上終點站倫敦的月台時，所有的鐘錶都指向八點五十分。費雷斯．福格終於完成他環繞世界一周的旅行任務，偏偏遲到了五分鐘……

第1部

意外的旅程

八十天環遊世界一周，

他瘋了不成？

想不到這一位連多走一步都不願意浪費的紳士，

此刻竟然真的要出遠門了。

第1章 神秘的福格先生

沉默寡言、性格古怪的形象，讓他渾身更有如披上一層神秘的面紗，加上行事規律得幾乎一成不變，更讓人忍不住臆測和想像。

一八七二年，於白靈頓花園廣場賽維勒街七號，住著一位費雷斯·福格先生。

儘管福格先生一向行事低調，儘量不去引人注目，但他仍然是倫敦改良俱樂部中最特別，也最受人矚目的會員。

福格先生是一位神秘人物，大家只知道他是一位性格豪爽、高雅體面的紳士，其他的就一無所知了。有人說他長得像拜倫，不過只有臉長得像罷了，他的腿可是什麼毛病都沒有的；多了幾撮鬍子，性情也溫和穩重，感覺上就像千年不老的拜倫一樣。

福格先生是一名道道地地的英國人，但他或許不是倫敦人吧！因爲，你在交易所裡看不到他，在銀行裡也見不到他，找遍倫敦商圈的任何一家商店也都碰不上他的身影。在倫敦任何一個港口或任何一座碼頭，也從未停泊過任何一艘隸屬於費雷斯·福格的船隻。

這名紳士，未曾出席過任何一個行政管理委員會，沒有擔任公職，而在倫敦四法學院的中院、內院，抑或是林肯院、格雷院，都沒有聽過他的名字；他也從來沒有在大法官法庭、女皇御前審判廳、財政審計法院，甚至是教會法院打過任何官司。

他既不開設工廠，也不經營農務，既不是政客也不是商賈，不是任何學會中的一員，沒有加入英國皇家學會，也沒有參加倫敦學會；工藝學會、羅素學會、西方文學學會、法律學會的會員名單中，從來沒有他的名字。甚至連由女王陛下直接授命贊助的科學藝術聯合協會，也同樣與他無涉。

在倫敦這個熙來攘往的英國首要之都，各種千奇百怪的組織協會無一不有，不論是玻璃琴或是消滅害蟲，都有以某種其爲宗旨進行研究的協會存在，但福格先生卻不隸屬於任何團體。他只是改良俱樂部中的一員，如此而已。

如果你想問，爲什麼像福格先生這樣古怪的人，卻能加入改良俱樂部這樣的高級俱樂部？其實，他是由巴林兄弟銀行的負責人巴林兄弟共同推薦，才得以讓他入會的。因爲，他在巴林兄弟銀行裡開了一個帳戶，戶頭裡面永遠有一筆爲數不少的存款，而且他所開出的支票都能即期付現，因此累積了非常良好的聲譽和信用。

這麼說來，這位福格先生可以算是一位富裕的財主囉？那是毫無疑問的。但他的財產究竟是怎麼來的呢？這個問題，恐怕連倫敦最高竿的包打聽，也查不出個所以然來，事實如何，只有福格先生自己最清楚。

福格先生不吝嗇，卻也不浪費，不論有什麼公益事業或慈善機構，有經費上的困難，總是二話不說地掏出錢來，有時候更以不具名的方式捐款。

總而言之，大概沒有誰比他更內歛、更不愛與人打交道了，他盡可能少說話，沉默寡言、性格古怪的形象，讓他渾身更有如披上一層神秘的面紗，加上行事規律得幾乎一成不變，更讓人忍不住臆測和想像。

他曾經旅行過嗎？這很有可能，因爲他的地理學識非常淵博，就連一些偏僻的地方，也知之甚詳。有時候可以用簡簡單單的幾句話，就將俱樂部中所流傳的有哪一位旅行家又失蹤或迷路之類的流言澄清，還能加以糾正其中真正可能發生的事。他彷彿天生具有一種預言或透視的能力似的，事情到了最後，竟也往往如同他的所料，印證了他的見解與說法。

所以說，他應該是個遊遍天下的人——至少他在精神上一定神遊過一番。

不論如何，有一件事是相當肯定的，那就是福格先生已經好多年沒有離開過倫敦了。與他稍微熟識一點的人都知道，他除了每天會經過那條從他家裡到俱樂部的馬路之外，沒人在別的地方看過他；唯一的消遣就是看報紙和惠司特牌，這種靜態的牌戲，最符合他安靜沉默的個性。

他經常贏錢，但他的原則是贏來的錢絕不放回自己的口袋，反而常常作爲慈善捐款的用途。因爲，他是那種爲了娛樂而打牌的紳士，而不是爲了贏錢的賭徒。對他來說，打牌算是一種比試，雙方鬥智的角力，一點也不需要花費太大力氣，甚至不用移動腳步，也不會引起太大的肌肉疲勞，完全符合他的個性需求。

他無妻無子，這種情況並不罕見，一般老實人也可能沒有結婚，但他似乎也沒有什麼親戚朋友，這可就稱得上稀奇了。他一個人居住在賽維勒街的房子裡，好像也從來沒有人會來拜訪他，沒有人知道他單獨在家的私生活究竟是如何。

由於獨自一人，加上福格先生的日常生活起居又相當規律，因此由一個僕人來應付就已經綽綽有餘，反正福格先生從來也未曾招待過他俱樂部的會友，或任何一位賓客。

他的生活就像鐘錶一樣精準，每天的午晚餐都在俱樂部裡解決，固定的時間，固定的餐廳，固定的座位。一到了晚上十二點整，他就回家睡覺，從來沒有使用過改良俱樂部專門爲會員設置的舒適臥房。

一天二十四小時，除了睡覺、梳洗換裝……等等大約十個小時待在家裡，其餘的時間，他都會在俱樂部裡渡過。在俱樂部裡，如果他想散步的話，一定會到那鑲嵌著雕花地板的客聽裡晃晃，以相同的步法來回地踱著方步；再不然就到那上有藍花玻璃拱頂、下有二十根希臘愛奧尼式紅雲圓石柱的迴廊上走走。

不論是午餐或晚餐，俱樂部的廚房、配膳室、櫥櫃、魚獲冰櫃、乳品櫃等等，也一定會爲他送上最精緻美味的料理。一定是由那些身穿黑色禮服、腳穿厚絨底鞋，儀態端莊得體的侍者，以最優雅的姿態爲他送上高級別緻的餐具，放在織工典雅的薩克斯桌巾上方。

而俱樂部所藏有晶瑩剔透的古典水晶杯，也一定會爲他裝滿各種葡萄美酒，諸如西班牙出產的雪利酒、葡萄牙出產的波爾圖酒，抑或是加了肉桂香料、外觀呈現粉紅色光澤的波爾多酒，一定是上好的年份與等級。而其中添加的，也一定是特地由美洲湖區運來的冰塊，確保他的飲料始終保持清涼可口。

如果說怪人的生活就是如此的話，那麼坦白說，當個怪人其實還蠻享受的。

福格先生在賽維勒街的住宅並非豪宅，但儘管那棟房子並不是非常富麗堂皇，住起來卻非常舒適。然而福格先生對於僕人的要求一向很嚴格，特別在於時間上一定要準時有效率，日常工作也一定要按部就班，確實執行。

十月二日那一天，福格先生將他唯一的一位僕人詹姆斯．伏斯特辭退了，理由是他原本應該爲主人送來華氏八十六度的熱水，好讓福格先生刮鬍子，但他卻送來了八十四度的水。

現在，伏斯特就站在門口等著應該於十一點到十一點半之間前來報到的新僕人。福格先生端坐在安樂椅上，彷彿是一名接受校閱的士兵一般坐得筆挺，兩腳併攏，兩手放在膝上，抬頭挺胸地注視著牆上一分一秒移動的時鐘指針。這個掛鐘不但可以計時、計分、計秒、計日，甚至可以計星期、計月、計年，是一個構造相當複雜的機械產品。

現在指針已經走到了快十一點半的位置，平常這個時候，福格先生早已經出門動身到改良俱樂部去了。門外傳來敲門聲，福格先生聽見被解僱的伏斯特出去應門，不久，他便敲門走了進來。

伏斯特說：「主人，新僕人來了。」

一個年約三十來歲的年輕人跟在伏斯特後面進來，向福格先生行了個禮。

福格先生問：「你是法國人嗎？你叫約翰？」

那名年輕人回答：「我姓若望名叫尚，如果先生您不反對的話，請叫我萬事通，這是我的外號，因為我天生就有解決問題的辦事能力。我自信一向待人誠懇，是個老實人。不過，說實在的，我所做過的行業實在不少，我曾經是一個流浪闖盪江湖的歌手，也當過馬戲團的演員，我能學雷歐塔一樣在懸吊半空的鞦韆上表演雜耍，也能像布隆丹一樣在鋼絲繩索上輕快舞蹈。我還為了更加善用我的才能，而去當體育教練；後來，到巴黎擔任消防隊隊長，參與了好幾場驚險的火災救援行動。現在，我離開法國已經五年了，我是想體會一下英國家庭的感覺，才來應徵管家的職務。聽聞福格先生您是全英國最一絲不苟、愛好寧靜生活的人，所以我希望能在您手下平靜地生活，接受安寧的薰陶，以求能忘記以往的一切，甚至連萬事通這個名字也給忘得一乾二淨……」

但福格先生卻打斷他說：「萬事通這個名字倒是蠻合乎我的口味的，已經有人跟我說過你的事，我知道你有不少優點。但是，你知道在我這裡工作的條件嗎？」

年輕人恭謹地回答：「知道。」

福格先生又問：「那就好，好，你的錶現在幾點？」

萬事通將掛在褲腰帶上的錶從口袋裡拿出來，看了一眼，說：「十一點二十二分。」

福格先生說：「你的錶慢了。」

「很抱歉，先生，我的錶並沒有慢。」萬事通的態度相當堅決。

「你的錶慢了四分鐘，好了，沒關係，你只要記住時間差距就行了。好，從現在起，一八七二年十月二日星期三上午十一點二十九分，你就是我的僕人了。」

福格先生一說完，就站了起來，左手拿起帽子，猶如機器人似的，將帽子往頭上一戴，便自顧自地離開了。

萬事通聽見大門開啓又關上的聲音，他的新主人已經出門去了，過沒多久，又是一聲，看來那名剛被辭退的僕人詹姆斯·伏斯特也走了。

於是，這幢位於賽維勒街的房子裡，此刻只剩下萬事通一個人了。

第2章 再理想不過的工作

賽維勒街的這幢房子，像個美麗舒適的蝸牛殼，不只陳設得相當幽美，而且讓人置身其中就有一種輕鬆愉快的感覺。

剛開始，萬事通覺得有點奇怪，不禁自言自語地說道：「講真的，這個新主人和我在杜莎夫人那裡看到的『好好先生』，簡直是一模一樣！」

這裡必須要先說明一下，杜莎夫人家裡的「好好先生」是一尊蠟像。杜莎夫人蠟像館裡的蠟像，一向製作得十分逼真，因此吸引了無數的倫敦人前去觀賞。這些蠟人看起來就像真人一樣，只差不能說話而已。

就在這麼短短幾分鐘與福格先生的會面，萬事通已經把他的新主人仔仔細細地觀察了一遍。他的主人看起來差不多四十歲上下，長得相貌堂堂，身材高大，穩重威嚴，一副風度翩翩的模樣。前額光滑，臉上沒有皺紋，臉色稍白了一點，雖然不夠健康紅潤，但有一口整齊美觀的牙齒。

他有很好的修養，安詳、冷靜、目光有神，眼皮不亂動，完全是最典型的英國人模樣。

在名畫家安潔莉卡·考夫曼的妙筆之下，他們多帶有一股濃濃的書卷味，將他們略帶拘謹、嚴守本分的神態表現得恰如其分。

從他的日常生活來看，我們可以看到一個一絲不苟、萬事鎮定的人。他的一舉一動都是不輕不重、不偏不倚，就好像製作精密的計時器一樣準確、沒錯，事實上福格先生本人就是一個準確性的化身，這一點從他的雙手雙腳的動作，就可以看清楚地看出來；因爲人類的四肢本來就是表達情感的器官之一，這一點和動物大同小異。

福格先生的生活一向按部就班，講求行動一定要精密準確，不慌不忙，凡事必定事先準備妥當，連要走幾步路，做幾個動作，都是事先想過一遍，做好了計劃才會去做，絕不多走一步。沒錯，福格先生就是這樣的人。他絕對不會無緣無故地就看天花板一眼，也不會無故做出一個手勢，他從來沒有被激怒，也不曾爲什麼事情苦惱過。

他可以算是全世界最從容的人，不會因爲遲到而誤事，寧願享受孤獨也不願與人交往，因爲與人接觸就容易產生糾紛與爭執，這往往會延誤正事，耽擱問題。因此，福格先生從不與人交往，當然也從不與人發生爭執。

至於尙·若望，也就是萬事通，則是一個土生土長、道道地地的巴黎人。他離開法國來到英國已經五年了，一直擔任貼身侍從的工作，但是，一直沒能找到合適的主人。

萬事通並不是那種翹起下巴、目空一切、裝腔作勢的痞子，他是一個很正派的年輕人。

他的外表頗討人喜歡，微翹的嘴唇，就好像隨時想品嘗些什麼或親吻什麼人似的，而圓滾滾的腦袋也給人一種和藹可親的感覺。一雙碧藍色的眼睛，看起來誠懇又溫和，他的臉頰鼓鼓的，眼睛向下望就幾乎可以看見自己的顴骨，臉上散發出充滿朝氣的活力光彩。他的身材很魁梧，肩膀和腰際都很厚實，不只肌肉強健，更是力大無窮；他能有如此健壯的體格，全都是青年時期努力鍛鍊的成果。

他的頭髮一向亂七八糟，你知道，古代的雕塑家光是處理女神米娜娃的頭髮技術就有十八種，而萬事通卻只懂一種，就是拿起粗齒梳，飛快刷三下就大功告成了。

不管是誰，一定不相信這個個性大剌剌、整天嘻嘻哈哈的年輕小伙子，竟可以和嚴肅拘謹的福格先生合得來。誰都會懷疑他是否真的能夠符合福格先生所要求的百分之百準確呢？這也只能等事到臨頭了，才能見出真章。

不過，萬事通年少的時候，曾經渡過一段四處東奔西走、飄飄蕩蕩的流浪生活，而現在，他一心想要安定下來，好好地休息一番。他聽說英國人都是過著有條有理的生活，行事全是一絲不苟、一板一眼的作風，冷靜自若的紳士派頭，心想這就是他想要的生活模式，於是他就來英國碰碰運氣。

可是，誰知道老天並不幫忙，他之前所待過的十戶人家都盡是一些性情古怪，喜歡到處冒險、四海爲家的人。

比方說，他最後一個東家是年輕的羅菲瑞議員，這位爵士經常喜歡在晚上光顧海依市場的牡蠣酒吧，喝得醉醺醺的，還得勞動警察把他扛回來。雖然萬事通並不想冒犯主人，但他覺得有必要向爵士提出勸告，於是他盡可能婉轉地提出建議，誰知羅菲瑞爵士非但不領情，反而大發雷霆，臭罵了他一頓。

道不同，不相爲謀，所以萬事通很快地離開了羅菲瑞的宅邸，後來聽說了福格先生正要找侍從，他便開始積極打探有關福格先生的消息。

他發現福格先生是一名生活規律的紳士，既不在外住宿，也不出門旅行，甚至連一天也沒遠離過他的房子。能爲這樣的一個人做事，再適合也不過了，於是他便登門應試，就這麼地成爲福格先生手下的唯一一名僕人。

時鐘剛敲過十一點半的鐘響，坐落在塞維勒街上的這座偌大宅邸，就只剩下萬事通一個人了。他立刻開始探視環境，從地窖到閣樓，每一處全看遍了，果然如他所料的整齊、清潔、簡單、樸素，莊嚴，而且感覺上非常舒適宜人。

萬事通對於自己的發現感到非常高興，也非常喜歡，他覺得這棟房子就好像是一個美麗舒適的蝸牛殼一樣，而且還是個有瓦斯、電氣的蝸牛殼，足以供應照明和暖氣。他來到他的房間裡，裡面還裝設了可以和各個房間聯繫的電鈴和傳話筒，壁爐上放了一個掛鐘，時間和福格先生的臥室裡的那個鐘調得一秒不差，一到了整點，兩個鐘同時同刻地響了起來。

「太好了，這裡可真不錯！」萬事通不禁開心地自言自語起來了。

掛鐘頂上貼著一張注意事項表，也就是他的主要工作內容清單。裡頭記載了從每天早上八點鐘福格先生起床，一直到十一點半福格先生去俱樂部吃午飯爲止的所有工作細節。包含早上八點二十三分準備送茶和烤土司，九點三十六分送八十六度的熱水給福格先生刮鬍子，九點四十分梳理頭髮……。而從上午十一點半一直到晚上十二點鐘福格先生上床睡覺前的所有該做的事，也全都記錄在上面，交代得一清二楚。

萬事通很高興地把那張紙讀了幾遍，將那些該做的雜務全都記得牢牢的。

他又來到福格先生的更衣室，福格先生的衣櫃全都塞得滿滿的，裡頭什麼衣服都有，應有盡有。每一件長褲、上衣、外套、背心，全都編上號碼，按照次序排列；而旁邊放了一本簿子，將所有衣服的取用和收藏全都做了登記，甚至隨著季節更替，嚴格地規定穿著的搭配，連那一天要穿哪一套衣服、穿什麼鞋子，都早就計劃好了，依規定行事。

總之，賽維勒街的這幢房子，不只陳設得相當幽美，而且讓人置身其中就有一種輕鬆愉快的感覺。

屋子裡面沒有圖書室，甚至連一本書也沒有，這是因爲福格先生認爲沒有必要特別設置，光在俱樂部就有兩個圖書館可以供他使用，分別擺放文學藝術類書籍和法律政治類圖書，任憑他隨意翻閱、瀏覽。

福格先生的臥室裡有一個兼具防火防盜功能的堅固保險箱。值得一提的是，整間房子裡沒有任何攻擊性武器，不管是打獵或是打仗用的全都沒有，完完全全呈現出主人寧靜勿動的性格。

當萬事通把整座屋子看了個透徹，心裡益發覺得自己來到了一處好地方，他情不自禁的搓著雙手，露出洋洋得意的笑容，喃喃地說著：「太好了，真是太好了，這個福格先生一定會和我合得來。他不愛走動，做事一板一眼，就像服侍一個機器人一樣，像這樣的老闆，我又有什麼好抱怨的呢？」

第3章 一場大賭注

福格的態度一直很冷靜，願意將這筆幾乎是他財產一半的錢拿出來打賭，是因為他相信自己必定能達成任務。

十一點半，福格依照慣例走出他位於賽維勒街的房舍大門。

就在他右腳移動到左腳前面五百七十五次，而左腳又移到右腳前面五百七十六次之後，他來到了改良俱樂部門口。改良俱樂部是一棟相當高大的建築物，坐落於波爾大街上，當初興建完成時，最少花了三百萬英鎊。

福格先生直接走進餐室，裡面九扇窗戶全都打開了，一眼就能望見樹影扶疏的花園。花園裡的林木已經被秋天塗上了一抹金黃的色彩，看起來分外美麗閃耀。福格先生坐進他平常固定坐的位置，桌上已經擺妥了餐具，今天午餐的菜單包括一盤清爽的前菜、添加了上等辣醬的炸魚排、搭配蘑菇的烤牛肉，深紅的顏色看起來香嫩多汁；飯後還有一大塊大黃醋栗蛋糕，和一塊柴郡乾酪，加上幾杯由改良俱樂部特選茶葉沖泡的好茶。

十二點四十七分，這位紳士盡情地享用了所有精緻美食，便起身前往大廳。

大廳裝飾得非常富麗堂皇，牆上掛了許多美麗的畫作，每一幅畫都以雕工精緻的畫框裝裱，看起來美輪美奐。一名侍者遞給他一份剛印出來，尚未裁切編頁的《泰晤士報》，只見他熟練地按照版面裁開，然後依照版面順序一頁頁地讀下去，這件費力的事情，看來他是早已習以爲常了。

三點四十五分看完了《泰晤士報》，接著就看剛出爐的《標準報》，直到晚餐時分，他又回到餐室，享受他的豪華晚餐，除了中午吃過的菜色，還加上一道英國的蜜餞水果。而五點四十分用完了晚餐，他又回到大廳，開始專心精讀《每日晨報》。

約莫半個小時之後，一些改良俱樂部的會員陸續出現在大廳裡，大家全都挨近了升起熊熊柴火的壁爐。

工程師安德魯．史都華、銀行家約翰．蘇利文和山繆．法蘭汀、啤酒商湯瑪士．弗納根，還有英國國家銀行董事會董事高傑．羅夫……等等，這些人全是常常和福格一起玩牌戲的老朋友，他們也和福格一樣，全都是惠斯特牌戲的愛好者。

他們這一票牌友，都是既有錢又有聲望的人，在金融工商界有極高的地位和影響力，就算在這個俱樂部中，也是舉足輕重的頂尖人物。

弗納根問起羅夫：「羅夫，你說那件竊盜案究竟如何啦？」

羅夫還沒開口，史都華就插嘴：「還不就是銀行認虧，賠錢了事，還能怎麼樣？」

羅夫則回答：「我的看法和你恰恰相反，我們一定會逮到那個竊賊。警方已經在往美洲、歐洲的所有進出港口要道設下埋伏，更派出許多機警聰明的警探，那個傢伙恐怕是插翅也難飛了。」

史都華繼續問：「難道已經有線索了？他長什麼樣？」

羅夫鄭重其事地說：「我想，我必須先澄清一點，那個人並不是一個賊。」

「他偷了五萬五千英鎊還不是賊？」大家都對這個論點感到非常驚訝。

「不，他不是賊。」羅夫肯定地說。

蘇利文猜測：「不是賊，難道是個企業家不成？」

「《每日晨報》報導，肯定他是一名紳士。」說話的人不是別人，正是看了一整天報紙的費雷斯．福格。

他從報紙堆裡探出頭來向大家致意，在場的人也紛紛點頭回禮。

他們所談的這件事，正是轟動英國各家報紙的大話題。事情發生在三天前，九月二十九日，有一筆五萬五千鎊鉅款不翼而飛，就在英國國家銀行出納主任的桌上被人偷走了。

一般人都因爲這件竊盜案發生得太容易，驚奇得議論紛紛。不過，身爲銀行副總裁的高傑．羅夫卻自有一番解釋，他輕描淡寫地說道：「那時候，出納主任正忙著記錄一筆三先令六便士的款項入帳，沒能留心到每一個角落。」

這裡先簡單地說一下銀行的狀況，大家也就能清楚地想像當時的狀況。

英國國家銀行這家知名銀行，有一個特色，那就是他們似乎非常信任顧客的人格，也就是說，銀行裡既沒有警衛，也沒有裝設鐵門柵欄。所有的錢幣鈔票就擺在桌上，誰愛動就可以動，從來沒人懷疑過顧客是否有誠實清白的操守。

記得就有一個觀察家曾經挨近了出納員的桌前，拿起一塊重達約七、八磅的金子，想看個究竟，他仔細端詳了一下，就順手傳給了下一個客人，結果就這樣一個傳一個，一直傳到走廊的盡頭；直到半個小時之後，這塊金子才回到原來的地方，可是那名出納員竟然連頭也沒抬一下。

可是，九月二十九號這一天的狀況就截然不同了。

那綑鈔票竟然就這麼一去不返，直到五點結算下班的時間到了還不見蹤影。銀行只好把這筆帳記上損益，然後通報警方處理。

這無疑是一筆竊盜案件，於是，警方派出了最幹練的警探前往各個主要港口，像是利物浦、格拉斯哥、哈佛、蘇伊士、布林迪希、紐約……等等，詳加追查。英國國家銀行甚至提供兩千英鎊的獎金，順利破案的話，還可以得到追回贓款金額的百分之五作爲報酬。豐厚的獎賞已讓所有參與的警務人員躍躍欲試，積極展開調查各種可能的線索，一方面也仔細偵察港口通關的往返旅客。

《每日晨報》正好報導出人們心裡所想的：「此案絕非英國現有的竊盜團體所為，據報，九月二十九日曾有一名衣冠楚楚、舉止優雅氣派的紳士出現於付款大廳，也就是竊盜案發生的現場。該名紳士曾於現場徘徊良久，目前警方已掌握了此人的相貌特徵，向全國及歐陸發佈通緝令。」

正因為如此，有人便樂觀地認為這名竊賊是逃不掉了，高傑．羅夫便是其中一位。

這件事已經變成了當前最熱門的話題，「警方能否順利逮捕竊盜者？」到處都有人在爭論著這個問題，有些人認為英國警方必定能夠順利破案，而有些人則認為，那名竊賊一定已經溜之大吉，逍遙法外了。

既然大家都在討論，那麼改良俱樂部裡，甚至其中還有一名國家銀行副總裁的成員會談論起這個話題，也沒什麼好奇怪的。

羅夫確信警方的行動一定能夠偵察出結果來的，他認為那一筆豐厚的獎金一定可以大大地鼓舞那些警探們的士氣，同時也一定能激發出有助於破案的智慧。

但是，史都華卻頗為不以為然，於是幾位紳士便就這個問題展開了一連串的激辯，話題一直持續到他們一起坐下來打牌時仍未停止。

他們分坐在牌桌四周，史都華坐在弗納根對面，而法蘭汀則在福格的對面坐下。打牌的時候，他們彼此並不說話，但是一局結束，話題重開，討論反而更加熱烈了。

史都華堅信：「那個賊一定逃得掉，他肯定是個機靈的人。」

但羅夫則反駁：「算了吧！沒有哪個國家會庇護他，他能逃到哪裡去？」

「是這樣嗎？」史都華仍是一臉懷疑與不信。

「不然，你說他能往哪裡逃？」

史都華回答：「這我倒不知道，但我可知道，世界這麼大，總有地方能去的。」

「就以前來說是挺大的……」福格小聲地說著。他拿起洗好的牌，朝著弗納根說：「該你切牌了。」

牌局重新開始，討論不得不暫時中斷，但是耐不住性子的史都華，很快地又重拾話題，他質疑：「爲什麼說以前？……難道我說的不對嗎？還是地球縮小了不成？」

羅夫回答：「我的看法和福格先生一樣，地球是縮小了，現在我們想環繞地球一周，比起一百年前，速度要快上十倍，也就是說，這個案件能夠破案的速度也更快了。」

「這樣說來，那個竊賊也更容易逃脫囉！」

福格說：「史都華先生，該你出牌了。」

可是，史都華仍舊不肯服輸，好不容易等到一局結束，他又匆匆地說：「羅夫先生，你是開玩笑的吧！地球縮小了？或許現在花三個月就能環繞世界一周……」

福格打斷他的話：「只需要八十天。」

蘇利文也拿起報紙湊過來說：「沒錯，各位，自從大印度半島鐵路羅佐到阿拉哈巴德這段路通車以來，八十天就足夠了。」

蘇利文將《每日晨報》上的報導指給其他人看，上頭還刊登了一張時間表：

從倫敦搭火車和郵輪途經悉尼山與布林迪希到蘇伊士……七天
從蘇伊士搭郵輪到孟買……十三天
從孟買搭火車到加爾各答……三天
從加爾各答搭郵輪到香港……十三天
從香港搭郵輪到橫濱……六天
從橫濱搭郵輪到舊金山……二十二天
從舊金山搭火車到紐約……七天
從紐約搭郵輪和火車到倫敦……九天
總計……八十天

「八十天又怎麼樣！」史都華不小心打錯了牌，氣得大喊，「惡劣的天氣、順風逆風、船難事件、火車出軌……等等，這些問題也要考慮進去啊。」

福格先生丟出自己要出的牌，說：「這些都考慮進去了。」反正大家已經開了口，也顧不得打牌時要安靜的這條規矩了。

史都華還在叫嚷著：「要是印度土著或者印第安人把鐵軌拆了呢？要是他們攔住火車搶劫、還割下旅客頭皮！這你也算進去了？」

「都考慮了，總之八十天就夠了。兩張王牌。」福格不慌不忙地把手中的牌放到桌上。現在輪到史都華發牌了，他把桌面上的牌一一收起，然後開始洗牌，他還是叨叨地說：「話雖如此，福格先生，但理論和實際還是有所差距的……」

「實行起來也是八十天就成了，史都華先生。」福格信誓旦旦地說。

「我倒想看看你怎麼做。」

「可以啊，不然我們兩個一起去。」

「你瘋了啊？我才不去呢，我願以用四千鎊打賭，八十天是絕對不可能環繞世界一周的。」史都華顧不得形象大叫起來。

「不，正好相反，那完全可能。」福格仍是不慌不忙地堅持自己的意見。

「好，那你就試試看。」

「沒問題。」

「什麼時候去？」

「現在就可以去，不過，你得先拿旅費出來。」

「你簡直是瘋了！」史都華完全沒料到事情會變成現在的樣子，看到福格一副固執不肯退讓的模樣，讓他不禁心浮氣躁了起來，大吼一聲，「算了，還是繼續打牌吧！」

福格不置可否：「行，不過你得重新發牌，因爲你發錯牌了。」

史都華一言不發地把全部的牌收回來，又氣得把它們全部往桌上一丟。

他大叫：「好，我跟你打賭，福格先生。我們賭四千英鎊……」

法蘭汀連忙出來打圓場：「史都華，你冷靜一點，大家只是在說著玩，別當真了。」

「我沒開玩笑，我說賭就賭！」史都華斷然地說。

福格先生坦然地接受牌友的挑戰，對大家說：「可以，我在巴林兄弟銀行裡有兩萬英鎊，就用這筆錢來賭吧！」

「兩萬英鎊！」蘇利文一聽跳了起來，大聲叫道，「萬一中途有什麼閃失，兩萬英鎊可就沒了耶！」

但福格只是簡單地回了一句：「不會有什麼閃失的。」

「可是，福格先生，報紙上寫的是至少需要這麼多時間啊！」

「不，只要能夠妥善運用，這樣的時間也就夠了。」

「但是，如果你想不超過八十天，就得一下火車立刻登上郵輪才行，然後一下船就非得跳上火車不可。」

「我能做得到的。」

「這簡直是開玩笑。」

福格正色地說：「一個體面的英國人，就算是打賭也不得兒戲，絕不是玩笑。我能在八十天內，也就是一千九百二十小時，或者說十一萬五千兩百分鐘就能環繞地球一周。誰願意和我賭，就賭兩萬英鎊。你們說呢？」

史都華、法蘭汀、蘇利文、弗納根和羅夫五人相互看了幾眼，商量了好一會兒以後，說道：「好，我們接受你的賭約。」

福格說：「那麼說定了，到多佛的火車八點四十五分開車，我就搭這班車。」

史都華問：「今天晚上就走嗎？」

福格取出袖珍月曆來，看了看說：「沒錯，今天晚上就走，今天是十月二日星期三，也就是說，我應該在十二月二十一日星期六晚上八點四十五分之前，回到倫敦這個俱樂部的大廳裡。如果我不能順利完成任務，那麼我存放在巴林兄弟銀行的兩萬英鎊就歸你們所有。各位，這是兩萬英鎊的支票。」

於是，六個當事人立刻寫下一張字據，並且每個人都在上頭簽了字。

這是一項困難至極的任務，但福格的態度一直很冷靜，他會提議打賭並不是爲了錢，他之所以願意將這筆幾乎是他財產一半的錢拿出來打賭，是因爲他相信自己必定能達成任務，到最後出錢支付旅費的人將會是他的牌友們。

相較於福格先生的自信滿滿，其他人則顯得不安許多，更可以說是緊張躊躇，並不是因爲賭注太大，而是對於自己竟會在如此的狀況下放手一搏的感覺，有點忐忑。

此時，牆上的鐘正好敲了七點，於是大家建議別再打牌，好讓福格能回家爲動身出發做好準備。但福格卻一派氣定神閒地將手中的牌發給同桌的牌友，說：「我已經準備好了，王牌是方塊，該你出牌了，史都華先生。」

第4章 萬事通被嚇得目瞪口呆

八十天環遊世界一周，他瘋了不成？想不到這一位連多走一步都不願意浪費的紳士，此刻竟然真的要出遠門了。

福格帶著打牌贏來的二十多個基尼，於七點二十五分離開改良俱樂部，而後於七點五十分回到家裡，推開自己家的大門。

萬事通早已經將自己的工作清單研究個透徹，現在看到福格先生破例提早回家，令他感到非常訝異，依照那張注意事項表所寫，這名住在賽維勒街的紳士應該要到晚上十二點才會回家的。

福格上樓回到自己的房間裡，然後呼喚著萬事通的名字。

萬事通沒有應聲，因爲現在本來就不該叫喚他，又還沒到時間。

福格又叫了一聲：「萬事通。」聲調並沒有特別提高。

這次萬事通進門了，福格抬頭看他，說：「我叫你兩次了，萬事通。」

「是，可是現在還沒晚上十二點。」萬事通拿著錶回答。

福格說：「我知道，我並不是要責怪你。去準備一下，十分鐘後，我們就要出發到多佛和加來去。」

這名新來的法國僕人露出一臉不可置信的表情，很顯然地他以爲自己一定聽錯了。他小心翼翼地問：「先生，您打算要出遠門嗎？」

福格先生回答：「對，我們要去環遊世界。」

萬事通簡直不敢相信自己所聽見的，他的眼睛瞪得大大的，眉毛眼皮全都得高高的，兩隻手臂無力地下垂，好像整個身體都沒了力氣，幾乎要癱軟了。

「環……遊……世……界？」他幾乎沒有辦法順利開口說話，看來驚嚇得相當嚴重。

「沒錯，環遊世界，而且只有八十天，所以現在開始，我們一刻也不能耽擱了。」

「那……行李呢？」萬事通有氣無力地問，他的腦袋發昏，完全沒辦法思考。

福格先生回答：「其實也用不著準備什麼行李，只要帶個旅行袋就好了，你在裡面放兩件羊毛衫、三雙襪子，你自己的東西也照樣辦理，其他的我們到路上再買就成了。現在你去把我的雨衣和旅行毛毯拿來，喔，對了，你最好帶一雙結實一點的鞋子，不過，順利的話，我們應該用不著走什麼路。好了，快去辦吧！」

萬事通一句話也說不出來，茫然地離開福格先生的房間，回到自己的房間裡，一屁股摔坐在椅子上。他不可置信地自言自語說著巴黎粗話：「這傢伙好樣的，老子本來想這下可以安穩地過日子了！……」

可是，沒辦法，他還是得開始整理行裝，拖著不情願的身軀，機械地做著準備工作。八十天環遊世界一周，他瘋了不成？應該是開玩笑的吧！好，去多佛，沒問題，去加來也可以，反正他也有五年沒踏上家鄉的土地了，偶爾出國旅行一下也不錯。這個年輕的小伙子，在心裡安慰著自己。

這一回說不定還會上巴黎去，能夠再次到法國首都巴黎去看看，也是很值得讓人高興的事。想不到這一位連多走一步都不願意浪費的紳士，此刻竟然真的要出遠門了。

八點整，萬事通已經將簡單的行裝整理好，一個偌大的旅行袋裡頭裝了主人和他自己的衣服，懷帶著忐忑不安的心情，鎖了門下樓和福格先生會合。

福格先生已經準備好了，他腋下夾著一本由布雷蕭所寫的《歐陸火車輪船運輸資訊指南》，有了這一份指南就應該能夠提供他旅途上所需的一切訊息了。他看到萬事通來到他的身邊，便自他手中接過旅行袋，然後打開袋口，塞進了一大疊花花綠綠的鈔票，那是各國都能使用的通用貨幣。

福格先生開口問道：「該辦的事情都辦了吧，應該沒忘了什麼吧？」

萬事通恭敬地回答：「都辦好了，什麼也沒忘記。」

「我的雨衣和毛毯呢？」

「全都在這裡。」

「很好，你拿著袋子吧！」福格先生將旅行袋交給萬事通，同時叮嚀：「你可得拿好，裡頭有兩萬英鎊。」

萬事通一聽，差點把旅行袋給掉在地上，好像裡頭的鈔票頃刻間全變成了黃金似的，沈重得幾乎拿不住。

主僕二人將房子層層鎖上，便離開家門，往賽維勒街盡頭的馬車驛站走去。

兩人一坐上出租馬車，便飛也似地往查令十字路車站駛去。

查令十字路車站是東南鐵路支線的終點站。八點二十分，出租馬車在車站前停了下來，萬事通率先跳下車，跑到前頭去付錢給車夫。

福格先生也跟著下了馬車，就在此時，有一個衣衫襤褸的婦人拉著孩子走上前來，兩人都光著腳，踩了滿腳污泥，身上的衣服全都破舊不堪。那個女人頭上戴了一頂破帽子上頭插了一根髒兮兮、稀疏的羽毛，肩膀上披了一條舊披肩。

她開口悲切地向福格先生乞討，只見福格先生從衣袋裡將剛才打牌贏來的二十個基尼如數遞給那名女乞丐。

他說：「拿去吧，很高興能讓我遇上妳。」

福格先生抬了抬帽子，便自顧自去往車站走去。

萬事通看見此景，心中感動得不禁眼眶含淚，福格先生慷慨善良的舉動，讓他對主人的為人更加尊重了。

萬事通跟著福格先生走進車站大廳，而後便受命去買兩張到巴黎的頭等車票。福格先生轉身看見他那五位改良俱樂部的朋友。

福格先生來到他們面前，說：「諸位，我要動身了，等我再度回到這裡，你們將可以根據我護照上的各國蓋印來核對我的旅行路線。」

羅夫先生客氣地說：「不用核對了，我們相信你的人格。」

「不，依此作為證明比較好。」福格堅持地說。

史都華先生站上前來，問：「你沒忘記什麼時候該回來吧！」

福格先生自信地說：「那當然，我將在八十天後回來，也就是於一八七二年十二月二十一日，星期六晚上八點四十五分回到此地。那麼，再會了，諸位先生。」

福格先生略略行了個禮，便先行上車。萬事通則買好了票，拎著旅行袋跟在他的後頭。

八點四十分，費雷斯．福格與他的僕人萬事通在頭等車廂裡坐了下來；八點五十分一到，汽笛鳴響，火車準時開出。

倫敦的夜晚，顯得漆黑無比，加上車窗外正飄著細雨，更增添了一點點些微的寒意。福格先生端坐在他的座位上，至於萬事通則呆呆地坐在一旁，手裡緊緊地抓著那個旅行袋。

當火車快到席登罕的時候，萬事通突然慘叫一聲，把福格先生嚇了好一大跳。

福格先生問：「怎麼了？」

「我……我……因爲我在慌亂中忘了……」

「忘了什麼？」

「忘了……忘了關我房間裡的瓦斯燈。」萬事通低著頭，小聲地說。

福格先生冷冷地看了他一眼，語氣淡淡地說：「那麼，小伙子，等我們回來以後，瓦斯錢給你出。」

第5章 神秘紳士變成銀行竊賊

一名高貴的紳士，搖身一變，變成了令人不齒的銀行竊賊。利用環遊世界的賭注作為幌子，目的就是為了逃過英國警方的耳目。

費雷斯．福格在離開倫敦的時候，就猜到自己這次的行動一定會造成轟動。果其不然，他們六個人打賭的消息一傳開，立刻就引來了一波熱烈的討論，後來還被新聞記者知道，在報紙上刊載了出來。消息一見報，整個倫敦甚至全英國都沸騰了起來，每個人都在評論、爭辯，這個「八十天環遊世界」的舉動，究竟可不可行。如此激烈的討論盛況，簡直像是發生了另一個阿拉巴馬事件（註❶）似的。

對於福格的行動，有人支持，有人不以爲然，不過很快地，反對派的人數就多於支持派了。因爲大多數的人都認爲那只不過是紙上談兵，就目前的交通狀況來說，想要在八十天內環繞世界一周，簡直是天方夜譚，根本不可能。

《泰晤士報》、《標準報》、《晚星報》、《每日晨報》和其他二十種享有聲望的報紙全都批評反對，大家都不看好福格的行動能夠成功，只有《每日電訊》勉強給予一些支持性的言論。福格不僅被視爲一個瘋狂的怪人，那幾個和他打賭的會友，更被批評竟喪失心智地提出這樣的賭注，簡直不可理喻。一篇篇的報導寫來都頭頭是道，看起來有條有理，將福格的冒險舉動批評得一無是處，但是還是有許多人對這個消息感到興趣，只要是和費雷斯·福格的這趟旅程有關的報導，銷路一定特別好。

而在福格動身後的那幾天，人們竟拿他這次旅行的成敗做起投機生意來了。賭博是英國人天生的嗜好，不僅改良俱樂部裡有很多會員大張旗鼓地拿福格的成敗打賭，就連英國的廣大群眾也爭相加入打賭行列。「費雷斯·福格」這個名字就像一匹賽馬一樣被印在一種賭博手冊上，而交易所裡也出現了一支名爲「費雷斯·福格」的股票，在倫敦市場裡正式炒作。人們可以按牌價或是超牌價買進賣出「費雷斯·福格」股票，成交量之大，真是紅極一時。

自從《倫敦新聞畫報》刊出了福格先生的照片之後，他更多了一批大膽的女性支持者，還有些《每日電訊》的讀者更反問：「爲什麼不能在八十天內環遊世界一周呢？更奇怪的事情還多著呢！」

不過，後來這樣的說法，漸漸沈寂了。因爲十月七日的時候，英國皇家地理學會曾經在會刊之中刊登了一篇長論文，由各個方面來論證是否有可能在八十天內環繞地球一周。會刊的內容直指，會做出這種事的人簡直是精神錯亂，並且對於這種說法予以大肆斥。

因爲，旅行中一定會碰到很多人爲和天然的阻礙，然而想要在八十天內順利完成環繞世界一周的計劃，卻需要不可思議的精準銜接，每一個步驟和環節都不能出現一絲錯誤才行。如此順利精準的狀況當然不能說沒有，但是機會實在太渺茫了。如果只有在歐陸上的鐵路路線，由於路途不算太長，還能勉強達到無誤點的狀況。橫越印度的鐵路，光路程順利就得花上三天，至於橫越美國則要花到七天以上，一路上機器出毛病、火車出軌、列車碰撞、惡劣的天候、嚴重積雪……等等，各種天災人禍都可能延誤福格的行動。

輪船的航行更是難以預測了，海面上的各種狀況、強風濃霧，在在都能使得船期出現差誤。就越洋航線來說，就算是最好的輪船，遲到個兩到三天，一點也不稀奇。但只要有一點點誤差，就會連帶地影響到福格的計劃，導致全盤皆輸的局面，哪怕是只有幾個小時的差距，就會使得整個旅行計劃徹底失敗。

每一家報社都轉載了這篇文章，於是「費雷斯．福格」這支股票的價值也開始大幅下跌。許多人開始大量拋出，甚至願意依當初價面的五分之一降價求售，後來更降到十分之一、二十分之一、五十分之一，最後那支股票只剩下百分之一的價值了。

只有半身不遂的老阿爾巴馬爵士始終支持福格的行動。這位高貴的紳士長年被迫癱坐在安樂椅之中，也一直有環遊世界的夢想，就算要耗盡他所有的家產，或是得花上十年的時間也在所不惜。所以他一直認定福格會成功，當人家勸他別信福格這個愚蠢的計劃時，他反而說：「要是這個計劃能成功，由英國人來創造紀錄，不是很好嗎？」

總之，情況已經丕然大變，支持福格的人只剩寥寥可數，到了他動身後的第七天，「費雷斯．福格」股票已經賠售到一百五十分之一，甚至兩百分之一，簡直就是一文不值了。

那天還發生了一件事，使得這支股票成了完全沒人要的廢紙。

倫敦蘇格蘭警場的警長羅望，收到一封由蘇伊士發來的電報。

電報的內容寫著：

致　倫敦警察總局局長羅望先生

已盯住銀行竊賊費雷斯．福格。速寄逮捕令至（英屬印度）孟買。

警探法克斯

這封電報立刻引起極大的騷動，一名高貴的紳士，搖身一變，變成了令人不齒的銀行竊賊。大家再次看到福格的照片，發現他果然和警局所調查到的竊賊特徵一模一樣，加上他平常就行蹤詭秘，生性孤僻不與人交往，這次又突然出走，顯然就是利用環遊世界的賭注作爲幌子，目的就是爲了逃過英國警方的耳目。

註❶：六四年六月十九日，英美政府因巡洋艦阿拉巴馬號沈沒而起了衝突，直至一八七二年九月十四日，這場轟動一時的國際官才告解決。

進入非亞大陸

成群的男女信徒，

在恆河裡虔誠地接受聖河的洗禮。

當現代化的汽船駛過，

攪動了恆河聖水時，

不知道那些神祇又將如何看待這個英國化了的印度呢？

第6章 心急如焚的警探

假若那個壞蛋想要離開英國逃到美洲新大陸的話，那麼走印度這條路，是最為理想的路線，沿途的警備眼線，都不像大西洋岸那麼嚴格。

這封電報究竟是怎麼來的呢？我們得從蘇伊士運河這一頭說起。

十月九日，星期三，許多人在蘇伊士港口等待將於十一點鐘入港的商船「蒙古號」。那是一艘隸屬於東方半島輪船公司的鐵殼輪船，配有螺旋推進器和前後甲板，載重兩千八百噸，平均動力五百馬力。蒙古號是東方半島輪船公司旗下最快的船隻之一，專責行駛於蘇伊士運河，往返於布林迪希和孟買之間。一般來說，由布林迪希到蘇伊士這段航程的正常航速為每小時十浬，從蘇伊士到孟買的正常時速為九點五三浬，表現一向優越的蒙古號多半都能夠提前到達目的地。

碼頭上四周穿梭著熙來攘往的人潮，這裡原本只是一座單純的小城鎮，但自從法國外交官雷塞布鑿設了蘇伊士運河，創立了蘇伊士運河公司之後，整個鎮便熱鬧了起來，成了世界交通樞紐要道。

儘管英國政府並不看好這條運河，而著名工程師史帝文生也對這條運河道出了不祥的預言，但是每天還是有許多英國船隻由此而過，畢竟有了這條運河，使得原本必須繞過好望角才能到達印度的舊航道，足足縮短了一半以上的航程。

有兩個人特別焦急地在碼頭上走來走去，其中一個是英國駐蘇伊士領事館的領事。至於另外一位，樣貌精明、身材矮瘦，眉頭皺得死緊，看起來神情頗爲緊張；長長的睫毛底下閃爍著犀利的目光，但卻被他刻意眨眼掩飾住，故意讓人覺得他有點迷迷糊糊的樣子。

這個人就是警探法克斯，他有點不耐煩似的在碼頭上走過來又走過去。自從英國國家銀行發生竊盜案之後，他就被派駐到港口去查緝竊賊的蹤跡。

法克斯一直在蘇伊士港口監視著來來往往的旅客，一旦發現了行跡可疑的人，就立刻發電報等候拘捕票，同時盯住那個人的行動。兩天前，法克斯接到警局傳來的竊賊形貌等相關資料，便開始鎖定那些穿著打扮高貴的紳士。看來那筆豐厚的懸賞金，確實吸引了這名警探，所以他才會如此焦急地想等著蒙古號進港。

法克斯開口問領事一個他已經問過了好幾遍的問題：「領事先生，您說，這條船真的不會誤點嗎？」

領事雖然已經被問了很多遍，還是耐著性子回答：「不會的，法克斯先生，根據昨天傳來的消息，蒙古號已經到了塞得港外海，這不過一百六十公里長的運河，對這樣一艘快船來說，算不了什麼。再說，政府已經公佈，凡是能在規定的時間之前到達的船隻，將可以獲得二十五鎊的獎金，蒙古號可是這筆獎金的常客呢！」

法克斯繼續追問：「這艘船應該是從布林迪希直接開來的吧！」

領事生回答：「沒錯，蒙古號由布林迪希將要寄往印度的郵件裝船，於星期六下午五點整準時開出。耐點心等等吧，放心好了，它不會遲到的。不過，我實在不懂，就算你要抓的人真的在船上，你就憑那一點點資料，如何能將他認出來呢？」

法克斯臉帶神秘地說：「領事先生，這您就不懂了，抓賊可不能單靠認人的技術，還得憑感覺的。也就是說，想要把這些歹徒繩之以法，得要靠我們敏銳的鑑別力才行。所謂的鑑別力，就是一種綜合聽覺、視覺和嗅覺的特殊感覺。像這種紳士型的竊賊，我已經逮過不只一個了，我知道我要抓的賊就在這艘船上，絕對錯不了。我敢向您打包票，他是絕對逃不出我的手掌心的。」

領事先生頷首一笑：「那再好不過了，法克斯先生。畢竟這是一樁很大的竊案啊！」

「可不是嗎?五千五百萬英鎊耶，簡直就是超級大竊案，那麼大一筆錢，看都沒看過呢！現在已經很少有像西柏家族（註❶）那樣的大盜出現了，大部分都是些零頭小賊，只不過爲了幾先令就問吊的，大有人在。」法克斯激動地說著，眼中還閃著幾分興奮的光采。

「法克斯先生，瞧你說得這麼起勁，我也很誠心祝福你能早日抓到竊賊。不過，你可曾想過，照你那份資料看來，那可是一位正人君子、高尚的紳士，恐怕看起來並不像壞人。」

領事再度提出懷疑。

法克斯則信心滿滿地回答：「領事先生，大賊都是這樣的，愈是僞君子看起來愈是正派，反倒是那些天生鬼頭鬼腦的人成不了大器，因爲他們一有風吹草動就會被抓到，只能安分守己一點。我們的工作，就是要撕破那些人的假面具。我承認，那並不容易，與其稱之爲職業，不如說是一種藝術了。」

看來，這個法克斯頗有那麼點自命不凡的味道，盡說些大話。

突然，碼頭上的人群騷動了起來，越來越多水手、商人、搬運工、苦力湧了進來，顯然船很快就要到了。

這一天的天氣相當晴朗，只不過因爲吹著東風，所以稍微有點寒意。日光淡淡地映照在清真寺的尖塔上，向南邊望去，有一條長約兩公里的長堤，由蘇伊士港延伸出去，像一隻手臂似的環抱著港灣，紅海海面上飄浮著一艘艘各式船隻，其中有幾艘船還保持著古代船隻才有的美麗式樣。

法克斯瞇著雙眼來回地打量著往返的行人。

港口報時的大鐘響了，恰好十點半。

法克斯大喊：「船不會來了！」

領事則顯得鎮定多了，說：「應該距離不會太遠了。」

法克斯問道：「這艘船預定在蘇伊士停留多久？」

領事回答：「加足了煤料大概四個小時。從蘇伊士到紅海出口的亞丁港大概有一千三百一十浬，必須加足了燃料才行。」

法克斯再次向領事確認：「然後就直接開往孟買嗎？」

「是的，中途不再靠岸，不載客也不上貨。」

法克斯分析說：「那麼，假設這個賊真的往這裡逃，又真的搭上這條船，他一定會在蘇伊士下船，然後再繞道到荷蘭、法國的屬地，畢竟，他很明白印度是英國的地方，到孟買去並不安全。」

領事倒是提出了不同的看法：「除非他是一個很機靈的賊，所謂最危險的地方就是最安全的地方。對一個英國罪犯來說，倫敦可比其他地方來得容易躲藏多了。」

領事說完便逕自回他的辦公室去了。

法克斯獨自一個人繼續待在碼頭上，領事的話多少讓他在心裡琢磨了好一會兒，心裡漸漸感到一點點不安和煩躁。但是，他又有一種奇怪的預感，他覺得那個賊肯定是躲在蒙古號上，因爲，假若那個壞蛋想要離開英國逃到美洲新大陸的話，那麼走印度這條路，是最爲理想的路線，沿途的警備眼線，都不像大西洋岸那麼嚴格。而且路途遙遠，跟蹤盯梢也不太容易，想嚴密戒備也嚴密不起來。

沒時間讓法克斯想太多，因爲一聲汽笛長鳴正宣告著輪船馬上就要進港了。成群的搬運工和苦力全都擠了上來，一時間整個碼頭亂成了一團。海面上已經可以看到蒙古號筆直地朝碼頭開來。十一點整，蒙古號準時地入了港下錨，煙囪噗噗地冒出蒸氣，整個港灣裡全是煙霧瀰漫。

甲板上站滿了眺望蘇伊士美麗城景的旅客，有許多人登上了接駁小艇，準備上岸來。法克斯特別盯緊了每一位上岸的旅客。

有一個人使勁地推開那些爭著要幫他搬東西的苦力，來到了法克斯面前，非常有禮貌地拿著一本護照向法克斯詢問英國領事館的地址。法克斯接過護照一看，幾乎掩不住內心的興奮，護照內所註明的形貌特徵，幾乎和警局公佈的竊賊描述一模一樣。

他問：「這張護照應該不是你的吧！」

「不，那是我主人的。」

「那你的主人呢？」

「他還留在船上。」

「你們要辦簽證，一定要親自到領事館辦公室才行。」

「喔？一定要本人嗎？」那名旅客看起來有點困擾。

「規定是要這麼做的。」

「好吧！那你說領事館在哪裡？」

「就在那個廣場邊上。」法克斯指著不遠處，大約兩百步之遙的一棟房子說。

「唉，這麼麻煩，我只好去找我主人來。你知道嗎，他可是一個什麼事都嫌麻煩的人。」

那名旅客匆匆向法克斯點了個頭，便轉身擠回接駁艇邊，等著回到到船上去。

註❶：西柏為英國史上神通廣大的竊賊家族之一，曾多次被捕，每次均越獄逃脫，後來仍難逃法網，被處以絞刑。

第7章 順利拿到簽證

有些英國人的旅行方法，是讓僕人代替自己去遊覽，藉由僕人的眼睛去看當地名勝，至於自己是一點也不想動的。費雷斯．福格就是這種人。

法克斯一看到那個問路的旅客登上接駁艇，就立刻轉頭跑向領事館，急著求見領事。一進到領事的辦公室裡，他便開門見山地對領事說：「領事先生，被我猜中了，我早就料到那個賊會躲在蒙古號上。」法克斯將剛才所發生的事，重新向領事說了一遍。

「果真如此的話，法克斯先生，我到是不介意見他一面，但是，如果他真的是你想的那個賊，恐怕他就不會來了吧！哪有小偷會在路上留下腳印的，再說，現在已經不需要爲旅客在護照上進行簽證了。」

「領事先生，你說的是一般的賊，如果他如我們所想的那樣機靈，就肯定會來。」

「到這裡來蓋章簽證？」領事狐疑地揚起眉。

「沒錯，要是正人君子就會嫌帶護照麻煩，可是壞蛋就會帶著它方便逃跑。我保證他的護照一定不會有問題，但是我希望你先不要給他簽證……」

「爲什麼？如果他的護照沒有問題，我就無權拒絕簽證。」

「可是，我需要把他留在這裡，等我接到倫敦來的拘捕票，才能逮捕他。」

領事的態度很堅決：「法克斯先生，那是你自己的事……」

領事還未把話說完，門口就傳來敲門聲。門房已經帶著兩個人進來了，其中一個就是剛才在碼頭向法克斯問過路的旅客。

果然是那對主僕一同前來辦理簽證。

那名主人將護照交給領事，而領事也仔細地審核護照上的資料。法克斯可以說是從頭到尾目光都緊盯著那名紳士不放。

領事看完護照後，抬頭問道：「您是費雷斯．福格先生嗎？」

「是的。」福格先生回答。

「這位是您的僕人？」

「沒錯，他是法國人，名叫萬事通。」

「你是從倫敦來的？」

「是的。」

「那您打算前往……」

「去孟買。」

「好的，先生，您知道嗎？其實現在已經不需要這種簽證手續了，我們也不會強制要求您呈驗護照。」

「我曉得，不過，我需要您為我簽證，以證明我曾經路過蘇伊士。」

「好吧，如果您堅持的話。」領事說完便在護照上簽字蓋章，並將護照交還給福格。

福格接過護照，繳了簽證費，就帶著僕人離開。

法克斯連忙衝了過來，問：「怎麼樣？」

領事先生聳了聳肩，說：「不怎麼樣，他看起來像是個正直的紳士。」

「話雖如此，但你不覺得他和我收到的歹徒特徵完全相符嗎？」

「是這樣沒錯，但是那些特徵……」

「我知道了，我就從那個法國僕人下手，他肯定比那個主人容易搞定，法國人總是藏不住話的。待會見啦！領事先生。」法克斯連忙向領事告辭，打算去追萬事通了。

福格先生辦妥了簽證，在碼頭上交代了幾件事要萬事通去辦，就逕自叫了一艘小艇送他回蒙古號上。

他回到自己的艙房裡，拿出記事本，一路記下了幾行字：

十月二日，星期三，下午八點四十五分，離開倫敦。

十月三日，星期四，上午七點二十分，抵達巴黎。

十月四日，星期五，上午六點三十五分，路經悉尼山抵達杜林。上午七點二十分，離開杜林。

十月五日，星期六，下午四點，抵達布林迪希。下午五點，登上蒙古號。

十月九日，星期三，上午十一點，抵達蘇伊士。

總計花費一百五十八小時又三十分鐘，合計六天半。

這本旅行日記共劃分成了好幾個欄位，福格依照月份、日期、星期，以及預定時間和到達時間，全都記錄得清清楚楚。每到一處就仔細查對，以算出提早或遲到多少時間。這種分欄式的日記，好處就是能夠一目了然，方便福格先生計算自己在旅程中花費了多少時間。

他把抵達蘇伊士的時間記到日記上，時間剛剛好，既沒提前，也沒落後。

記錄完畢，他就在艙房裡吃午飯，壓根也沒想過要到城裡面去遊覽看看。有些英國人的旅行方法，是讓僕人代替自己去遊覽，藉由僕人的眼睛去看當地名勝，至於自己是一點也不想動的。

費雷斯．福格就是這種人。

第8章 萬事通漏了口風

竊盜案才發生，福格先生後腳就帶著大把鈔票倉促離開倫敦，那個奇怪的賭約一定是障眼法，費雷斯．福格絕對就是那個嫌犯。

法克斯很快地就在碼頭上找到萬事通。他正享受著這意外得來的休閒時光，打算好好的放鬆一下。萬事通認爲，既然是來旅行的，就應該好好地四處瞧瞧，才不枉此行。

法克斯走近萬事通身邊，說：「嗨！你的簽證辦好了嗎？」

萬事通一看是法克斯，簡單地行了個禮：「原來是您，託您的福，已經全都辦妥了。」

「你在觀光啊！這裡的風景可真不錯。」法克斯打定主意要套萬事通的話，於是開始找話題閒聊。

「可不是嗎?這趟旅程實在走得太快了，就像做夢一樣，想不到我們真的來到蘇伊士了。這裡是蘇伊士沒錯吧？」

「是啊，你們是到了蘇伊士。」

「那不就是到了埃及了嗎？」

「正是到了埃及。」

「那也就是說，我們來到了非洲？」

「沒錯，是到了非洲。」

萬事通語帶不可置信地說：「天啊！我們真到了非洲，簡直讓人不敢相信！你知道嗎？我本來還以為我們了不起就到巴黎而已。天啊！巴黎，巴黎耶，那麼有名的大城市，我本來還期待能再次好好地看一看呢。想不到只有早上七點二十分到八點四十分，從馬車上瞧見了幾眼，就這麼沒啦，真是可惜！」

法克斯試探地問：「這麼匆忙，看來你們是有急事囉！」

「我可一點都不急，趕時間的是我的主人。喔！對了，差點忘了我還得去買襪子和襯衫呢。我們除了一個旅行袋，什麼行李都沒帶！」

法克斯立刻熱心地說：「這樣啊，那我帶你到市場去一趟吧，那裡可是什麼都賣的。」

萬事通頗為感激地說：「先生，您可真是好心，那就多謝您啦！」

於是，法克斯帶著萬事往市場走去。萬事通是個直心腸的人，話匣子一開就停不了。他邊走嘴巴還不停地說著：「最要緊的就是不能誤了時間，要是沒趕上船就完蛋了。」

法克斯連忙說：「放心，時間還多得很，現在才十二點而已。」

「十二點？」萬事通立刻從口袋裡把大銀鍊錶拿出來，「現在是九點五十二分。」

法克斯看了銀錶一眼，說：「你的錶慢了。」

萬事通一臉不服氣，大叫：「我的錶會慢？這是不可能的事。我告訴你，這可是我曾祖父留下來的傳家之寶。是再標準不過的錶，一年走下來，絕對誤差不了五分鐘！」

法克斯連忙安撫他：「我知道了，你的錶顯示的是倫敦時間，倫敦時間比蘇伊士晚兩個小時。這是時差的關係，你每到一個地方，應該要在正午時分，把錶上的時間調成十二點才對。」

「要我調錶！這我可不幹！」萬事通看起來更爲激動了，好像要他的命似的。

法克斯不禁失笑：「那樣的話，你錶上的時間就會和太陽不一致了。」

「那是太陽的問題，可不是我的錶的錯。」萬事通一臉不在乎的把銀錶放回口袋裡。

法克斯並不堅持，把話題轉回他們的旅程上。

他問：「這麼說，你們是匆匆忙忙離開倫敦的？」

萬事通沒好氣地說：「是啊，上個星期三，也不曉得福格先生是怎麼了，不但八點鐘就到家了，而且不過短短的四十五分鐘內，我們就出發到了火車站。」

「你們打算去哪裡呢？」

「一直往東走，他說要環遊世界一周。」

「什麼？環遊世界！」法克斯聽了簡直不敢相信。

「就是啊，還要在八十天內就完成，聽說他是和人家打賭的，可是我一點也不相信，哪有人會去賭這個的？」

法克斯說：「你的主人可真是個怪人啊！」

「可不是嗎？老實告訴你，我也這麼覺得。」萬事通一臉贊同。

「那他一定很有錢囉！」法克斯一步一步佈線探著萬事通的口風。

萬事通說：「可有錢咧！他身上還帶了一大筆錢，全是白花花的新鈔票呢，一路上他出手也大方得緊，一點也不小氣。你知道嗎？他竟然還跟蒙古號的大副說，只要這一艘船能夠提早到達孟買，他就會給他一大筆獎賞呢！」

法克斯繼續問著：「你服侍他很久了嗎？」

「我嗎？我是在出發那天才剛來爲他工作的。」萬事通回答。

法克斯原本已激越不已的心，現在更是沸騰了。很明顯的，竊盜案才發生，福格先生後腳就帶著大把鈔票倉促離開倫敦，要去的地方又遠在天邊，種種現象都證明法克斯的猜測沒錯。那個奇怪的賭約一定是障眼法，費雷斯·福格絕對就是那個嫌犯。

法克斯進一步又纏著萬事通問東問西，確定眼前這個法國小伙子，對於他的主人認識並不深，只知道他在倫敦獨自過著孤僻的生活，多金有錢，卻不知錢是從何而來，是個謎一樣的人。此外，法克斯也確定了費雷斯·福格確實不會在蘇伊士上岸，而是真的要到孟買去。

這時，萬事通開口問他：「不過，這孟買到底在哪裡？」

法克斯回答：「在印度，距離這裡可遠呢，你還得搭十多天的船。」

萬事通大叫：「印度！那就是在亞洲囉！」

法克斯有點好笑的看著他又激動了起來，說：「沒錯，是在亞洲。」

萬事通一臉憂愁地說著：「完蛋了，完蛋了，我告訴你，這次我可慘了……有一件事真是讓我擔心死了……我的瓦斯燈……」

「什麼？」

「就是我的瓦斯燈，我忘記關了，一直到現在都還點著呢，福格先生說這筆瓦斯費得由我來出，我算過了，一天點二十四小時就要兩先令的瓦斯費，比我每天的薪水還要多出六便士咧！天啊，這趟旅行時間越久，我的損失就越慘重……」

對於萬事通的抱怨，法克斯只是隨便地應了幾聲，因為他心裡正想著自己接下來該怎麼辦。他們一起走到了市場前，法克斯讓萬事通自己去把福格先生交代的事情辦妥，還提醒他別忘了開船的時間。匆匆告別之後，法克斯就連忙地跑回領事館。

法克斯信心十足地對領事說：「領事先生，我現在很肯定這個惡人已如我囊中之物了。他竟然假扮成一個要用八十天完成環遊世界的怪人。」

領事聽了說：「那他可真是狡猾啊，他這麼做，可把歐美兩大洲的警察全給騙過了。」

法克斯語調沈穩地說：「等著瞧吧！他肯定會栽在我手上的。」

領事不放心地又問了一遍：「不過，你真的確定沒弄錯了嗎？」

「絕對沒錯！」法克斯對於自己的判斷非常有信心。

「那……爲什麼他還要特地到領事館來辦簽證，證明自己來過蘇伊士呢？」

「這……這我也不太清楚，不過，根據我剛剛得來的消息，他肯定就是那個人。」法克斯把他剛才和萬事通閒聊時所的到的種種疑點，全盤告訴領事。

領事說：「沒錯，這個人聽起來是蠻可疑的。那你打算怎麼做呢？」

法克斯一副勝劵在握似的，「我已經想好了，我馬上發電報給倫敦當局申請拘捕票，請他們把拘捕票寄到孟買。然後搭上蒙古號，一路緊盯著那個賊，等到了印度，那裡是英國的屬地，到時候，我就能一手拿著拘捕票，輕輕鬆鬆地把那個傢伙逮捕歸案。」

十五分鐘後，法克斯就備妥了簡單的行李，帶了充足的旅費，買了船票登上蒙古號。很快地這艘船便加足了火力，往紅海駛去。

第9章 順利渡過紅海和印度洋

他一點也不想看海峽兩岸美麗的古城景色，也不想知道在這一處詭譎的阿拉伯海灣裡，曾經發生過多少奇異的冒險事件，更不害怕這個可怕海域裡會發生什麼危險。

蘇伊士距離紅海的另一端出口亞丁港，恰恰好一千三百浬。輪船公司原來規定，船隻必須於一百三十八小時走完這一段航程，可是蒙古號此時可是火力全開，看來，絕對可以提前抵達目的地。

船上的旅客，大部分都是要去印度的，有些人要去孟買，有些人則要到加爾各答去；由於橫貫印度的鐵路已經建造完成，現在要到加爾各答已經不用再繞道錫蘭了。乘客裡有不少是軍隊裡的軍官，全是些薪俸極高的人物，也有人是身懷鉅款，打算到海外去經商的。

因此，船上的生活安排地非常舒適，甚至可以說排場十足，豪華無比。像船上的事務長，由於是輪船公司的重要心腹，地位和船長不相上下，光是用餐就夠瞧的了，不論早餐、午餐、晚餐、宵夜，餐桌上永遠擺滿了各式精緻的新鮮佳餚；而同座用餐的女士，有的甚至一天要換上好幾套禮服，還不時有音樂伴奏，以供乘客可以相偕起舞。

不過，風浪一來，這些浪漫奢華的景象可就看不見了。紅海是個狹長的海灣，風浪也特別劇烈，只要大風一起，整艘船就搖晃得厲害。這時，女士們全躲回了艙房，音樂演奏也全派不上用場了。

當然，這艘設備堅固的輪船，還是順利地前行，強而有力的螺旋推進器，一步步地將蒙古號送過了曼德海峽。

至於這個時候，福格先生又在做些什麼呢？大家一定以爲他正在爲旅途上的風浪狀況擔心，煩惱會不會發生什麼不利航行的事件，導致旅行計劃被迫耽擱。

可是對於這件事，福格先生可一點也不擔心，當然啦，就算他心裡擔心，旁人也無法從他臉上看出來。他就是這樣一個喜怒不形於色的人，他永遠是改良俱樂部裡最爲穩健的會員，不管發生任何意外或不幸，都不能使他驚惶失措。

他幾乎沒有到甲板上來，就算紅海在人類歷史上曾有過多少輝煌的紀錄，也不能引起他絲毫的興趣。他一點也不想看一看海峽兩岸美麗的古城景色，也不想知道在這一處詭譎的阿拉伯海灣裡，曾經發生過多少奇異的冒險事件，更不害怕這個令航海家聞之色變的可怕海域裡會發生什麼危險。

那麼，這位古怪的紳士究竟在船上做些什麼呢？

這麼說吧，他就像是一座製造精密的機器，一日照常四餐，用過飯以後，就找人打惠斯特牌消遣，任何事件都不能打亂他的生活步調。

他已經有了一票對惠斯特牌有共同興趣的牌友，那些人全都是惠斯特牌的愛好者。有一位是正要到果亞去就任的收稅官，還有一位是要回到孟買去的傳教士戴西蒙．史密斯，而另一位則時要前往貝拿拉斯駐防地的英國准將。他們四個人每天一有空，就是湊在一起打牌，甚至可以一句話也不說，一連打上好幾個小時的牌。

至於萬事通則決定要好好地享受這一趟航程，他不暈船，吃得好，睡得好，沿途還可以放心地欣賞風景，沒什麼好抱怨的。

他認爲這一趟莫名其妙的旅程，應該到孟買就會結束。

十月十日，也就是蒙古號自蘇伊士出發後的第二天，萬事通就在甲板上遇到法克斯，他很高興能夠再度碰見這個熱心的朋友。

於是，他走上前去和法克斯打招呼。

萬事通露出滿臉笑容：「我應該沒認錯人吧，您就是蘇伊士的那名好心的先生。」

法克斯回答：「是啊，你就是那位古怪英國紳士的侍從。」

萬事通嘴角更是上揚：「沒錯，正是我。先生，很高興再看到你。請問您貴姓？」

「法克斯。」

萬事通問：「法克斯先生，您要往哪兒去呢？」

法克斯說：「和你們同路，我到孟買去。」

「這可真是太巧了，您以前去過孟買嗎？」

「去過幾次，我是輪船公司的專員。」法克斯隨意僞造了個身分。

萬事通說：「這樣啊，那您一定對印度相當熟悉囉！」

「呃……是啊，那當然。」法克斯的語調不免有些不自然。

「不知道印度是不是個有趣的地方？」

「自然是有趣極啦！那裡不但有很多莊嚴的回教清真寺，高聳的尖塔、雄偉的廟宇、托缽的苦行僧等等，更不用說浮屠寶塔、斑紋老虎、毒蛇，還有能歌善舞的印度舞者，你們一定要多花點時間好好地逛一逛。」法克斯很希望他們主僕二人可以在孟買多待些時候。

「我又何嘗不想四處多看看呢？你知道的，有哪個正常人會決定在八十天內環遊地球一周的？簡直活受罪嘛，一下輪船就上火車，才剛下火車就又得上船，這誰受得了啊？幸好，孟買就快到了，這種折磨人的行動就能停止了。」萬事通的抱怨可真是不少。

法克斯故意好像隨意問起：「福格先生還好吧？」

萬事通回答：「好得很，我也一樣，大概是吹了海風的關係，胃口好得不得了，整天像餓鬼似的吃個不停。」

「怎麼，好像很少看到你的主人到甲板上來？」

萬事通聳聳肩地說：「他從不到甲板上來，他什麼熱鬧也不愛看。」

「萬事通先生，你說，你的主人在這趟八十天的旅程當中，會不會背後有什麼秘密任務……，比方說外交機密之類的？」法克斯壓地了聲音問道。

「法克斯先生，老實地告訴你，關於這個問題，我什麼也不知道，而且也不想花任何一毛錢去打聽。」

儘管沒有再得到什麼有用的資訊，在這次會面之後，法克斯還是想盡辦法和萬事通保持良好關係，他深信，必要的時候，萬事通將可以幫上他的忙。於是，他三不五時就會請萬事通喝酒閒聊，而萬事通也大方地接受，偶爾還會回請他幾次。萬事通認爲，法克斯實在是個正派的好人。

蒙古號確實行動敏捷，到了十三日，已經可以看見摩卡城內傾倒的城牆，還有生長在城牆上的碧綠椰棗樹。

遠遠就可以看見山區所種植的咖啡園，一片又一片地延伸到深山裡面去。萬事通心情愉快地看著眼前美麗的景致，在他看來，這座由一片斷垣殘壁所環繞的古城，看起來就像是個巨大的咖啡杯，旁邊的一幢古堡就是杯把。

當夜，蒙古號就穿越了阿拉伯語稱之爲「淚之門」的曼德海峽。

第二天一早，蒙古號便停泊在亞丁港外等著添加煤料，爲了要把所有的船底的煤艙加滿，得在亞丁停留四個小時。

但是，這樣的時間耽擱，早在福格先生的預算之內，所以他一點也不擔心。再說，本來蒙古號應該要到十五日早上才會抵達亞丁，現在等於是提前了整整十五個小時。

福格先生照例帶著萬事通上岸在亞丁的領事館辦理簽證手續，隨後就立刻回到船上打牌。而萬事通也一如往常，利用這短短的幾個小時，在這個各色人種來來去去的海防要塞城市，痛快地遊覽了一番，更欣賞了那一座由古今工程師接力打造的貯水池。

萬事通回到船上時，還開心地自言自語地說著：「真是有意思，果然，想看什麼新鮮事，還是非得出門旅行不可。」

晚上六點整，蒙古號就準時起錨，開往印度洋。海面上的氣候相當穩定，順著風勢，航行得更加順利。

甲板上再度出現輕歌慢舞的人群，為這趟旅程增添了不少繽紛色彩。萬事通由於遇見了法克斯這個親切的朋友，因此，船上的生活也讓他覺得更為愜意了。

十月二十日，星期日中午時分，已經可以看見印度的海岸線了。約莫兩個小時後，在碧藍的天空下，地平線上已經可以清楚看見群山的輪廓，而後出現了一排一排生氣蓬勃的可愛棕櫚樹影。

孟買城到了。

蒙古號一路駛進由撒瑟特島、科拉巴島、象島、屠夫島環繞的海灣，於四點半停泊在孟買碼頭。

此時，費雷斯．福格正好結束了這一天的第三十三場牌局，由於他和搭檔大膽地放手一搏，竟連贏了十三手好牌，大獲全勝，爲這趟航程劃下完美的句點。

原本預定到十月二十二日才會抵達孟買，結果卻提前在二十日就靠岸。

換句話說，福格先生已經贏了兩天的時間，他很快地就把這多出來的時間記在他的旅行日記裡了。

第10章 印度神廟的規矩

萬事通突然被人一把推倒在地。有三個僧侶怒氣沖沖地來到他身旁，飛快地扒下了他的鞋襪後，還痛揍了他一頓。

大家都知道，印度是一塊倒三角形陸地。地幅一百四十平方英哩，有一億八千萬的人口，人口的分佈相當不平均。

雖然印度是英國的殖民地，但是實際上由英國女王管轄的地方，只有大約七十萬平方英哩的地區，稱之爲「英屬印度」，大約有一億到一億一千萬的人口。其他的地方則爲一些被英國人視之爲野蠻人的土著所占領，他們有自己的國王，稱之爲土王，完全獨立自主，英國女王根本管不到那裡。

英國只有在加爾各答設置了管理整個印度地方的總督，另外在馬德拉斯、孟買、孟加拉設有地方總督，而在亞格拉設立副總督。

原本，英國是在一七五六年派了軍隊在印度馬德拉斯設立了眾所周知的東印度公司，然後逐步一一併吞了很多省分，從許多土王手上買下了許多土地，在當地專橫一時。後來，東印度公司結束，整個英屬印度，完全成爲英國政府所管轄之地。

印度的風貌到現今已有了很大的改變，以前路上只有馬車、轎子、人力車等等，再不然就是步行、騎馬，但現在恆河和印度河上，已經可以行駛輪船，加上橫越印度的鐵路建造完成，只需要三天就可以從孟買到達加爾各答。

事實上，這條鐵路並不是完全直線建造，而於中途向北經過印度半島北部的阿拉哈巴德，所以全線長度比起直線距離多了三分之一左右。由孟買島穿過撒瑟特島，進入半島腹地，沿途經過西高止山向東到布林罕，再到阿拉哈巴德，繼續向東來到貝拿拉斯與恆河交會，再往東南來到加爾各答。

蒙古號的乘客於下午四點半在孟買下船，預定開往加爾各答的火車將於八點整開車。也就是說，福格先生主僕還有三個半小時的時間可以在孟買停留。

福格先生向他的牌友們告別之後，便帶著萬事通上岸來了。他先吩咐萬事通去採買一些東西，並且一再叮囑他一定要在八點以前回到車站。而後他便像上了發條的鐘一樣，數秒似地前往領事館去辦理簽證手續了。

不管孟買的景色風光如何地美麗新奇，市政廳多麼宏偉、圖書館多麼漂亮、商場多麼熱鬧、各種宗教名勝多麼奇特，這些都入不了福格先生的眼。他既不想看瑪勒巴山上的美麗寺院，也不想欣賞象山的著名景點，更不願去探訪那深埋在孟買灣底的神秘地窖，甚至連撒瑟特島上著名的坎赫里石窟中巧奪天工的佛教建築也不屑一顧。

費雷斯．福格到孟買來的唯一目的，就是要到領事館辦理簽證手續。

萬事通在聽到主人對自己的吩咐時，就知道那個旅程將在孟買結束的美夢已經全然破滅。他完全地明白了，現在跟在巴黎、蘇伊士還有其他地方一樣，都是匆匆而行，看來肯定要到加爾各答了，說不定還得到更遠的地方去了。

他不禁無力地想，難道自己想要安穩地過幾天日子的願望，永遠不能達成嗎？難道福格先生接受打賭的事情是認真的？他真的得陪著他的主人，在八十天內繞完地球一周嗎？想到這裡，他邁向市場的腳步就顯得更加沈重了。

至於法克斯，則在福格先生下船後沒多久，就來到了當地的警察局，他連忙表明自己的身分，追問著警察局長是否收到由倫敦寄來的拘捕票。

可是他徹底地失望了。本來就算倫敦方面一收到電報，就立刻發出拘捕票，也不可能這麼快就寄到孟買來。法克斯無計可施，他想要求當地的警察局立刻發出拘捕票，可是局長說除非福格先生是在當地犯了罪，否則當地警方是無權拘捕他的。

法克斯只好待在孟買苦等拘捕票寄到，同時繼續緊盯著費雷斯．福格的行蹤。

福格先生辦妥了簽證手續，走出了領事館，就不慌不忙地回到車站。他在車站附近找了家飯館打算吃晚餐，同時接受老闆的建議點了一道聽說相當美味的當地名菜燴兔肉。

當餐點送上桌時，福格先生只吃了一口，就覺得有一股令人作嘔的味道，儘管添加了相當多的香料佐味，還是令他難以下嚥。

於是，他放下餐具，把老闆叫來。

他說：「老闆，你說這是什麼肉？」

老闆畢恭畢敬地回答：「是野兔肉，先生。」

福格繼續問：「那你們殺兔子的時候，有沒有聽見牠們喵喵的叫聲？」

老闆愣了一下：「喵喵叫？不，天啊，先生，您該不會以為……，這確實是兔子肉啊！我敢向您發誓……」

福格冷冷地打斷他的話：「不用發誓了，你只要記得，以前在印度，貓是極為神聖的動物，那真是個美好的黃金時代。」

老闆一臉不解：「貓的黃金時代？」

「也算是旅客的黃金時代。」福格不再多說，靜靜地把晚飯吃完，就回到了車站等候開車的時間到來。

萬事通買好了襯衫、襪子後，看看時間還很早，就決定先在孟買大街上逛逛再說。整條大街上都是人，各色人種都有，有穿著時髦的歐洲人、戴著尖帽的波斯人、有纏著頭巾的印度商人、戴小方帽的信德人、一色長袍的亞美尼亞人，還有戴著黑色法冠的帕西人。

這一天剛好是帕西人的節慶，他們是拜火教民族的後裔，技藝、文化都相當高明，講求智慧且作風嚴謹。他們正在舉行祭神的儀式，有許多美輪美奐的節慶活動。穿著以金銀絲線刺繡玫瑰色紗籠的女舞者，正和著三弦琴與銅鑼的音樂節拍翩翩起舞。

一切都顯得那麼新奇，萬事通不禁看呆了，在旁人看來一副蠢樣，無疑就像個沒見過世面的鄉巴佬似的。萬事通被這些新奇的景象吸引得失了分寸，差點就壞了主人的大事。

本來，他看完了表演就準備向車站走去，但是當他路過瑪勒巴山時，一看見那座美麗無比的寺院，竟心生好奇，想進去瞧瞧裡面到底有什麼特別之處。

可是，他完全不明白，印度的寺廟是有很多規矩的，不只基督徒不准入內，而且要踏入寺廟之前一定要脫鞋。英國政府對於印度人原本的宗教信仰非常尊重，所以在當地，如果有誰對印度宗教有一絲不敬，就會被視爲褻瀆，而遭受到嚴厲的處分。

魯莽的萬事通，心血來潮就想進去看看，也沒問清楚，就自顧自地走進寺院裡。就在他帶著驚奇的心情欣賞裡面光彩奪目的寺廟裝飾時，突然被人一把推倒在地。有三個僧侶怒氣沖沖地來到他身旁，飛快地扒下了他的鞋襪後，還痛揍了他一頓，更以萬事通聽都聽不懂的話罵得他狗血淋頭。

幸好萬事通並不是手無縛雞之力的弱書生，左一拳，右一腳，就把壓在他身上的三名僧侶踢到一旁，跟著很快地跳了起來，往廟門衝去。他的腳程快，那三名僧侶很快就追不上，只好站在廟門口破口大罵。

此時，距離八點鐘只剩下五分鐘了，好不容易，萬事通才光著腳丫跑回車站裡，之前採買的東西，還有自己的帽子全都不知掉到哪裡去了。

萬事通滿臉愧疚地向主人報告自己的遭遇，但福格先生聽完並沒有大聲責罵他，只說了一句：「希望你下次別再這樣了。」就帶頭走進了車廂裡。

主人沒有責備，萬事通也不敢再多說些什麼，連忙狼狽不堪地跟上福格先生的腳步。

法克斯在月台上目睹了這一切，因爲他一直在跟蹤福格。現在他知道福格已打算離開孟買，他本想一路跟蹤他們到加爾各答去，但臨時又改變主意。

他自言自語地說：「不，我得留在這裡，既然他在印度境內犯罪……那我就能抓他了，哼，這次你跑不掉了。」

法克斯在火車開出的最後一秒跳下火車。

一聲低沈的汽笛長鳴之後，開往加爾各答的火車準時出發了，一路轟隆而去的長影，終於消失在昏暗的夜色之中。

第11章 花了天價買一頭大象

看來，福格先生相當幸運，這頭象才剛剛開始訓練沒多久，還沒有變成「馬其」，仍舊相當溫馴，而且能像其他大象一樣載重且耐得住長途跋涉。

火車準時出站，和費雷斯．福格、萬事通一同坐在頭等車廂裡的，還有另一位客人。這名客人並非陌生人，正是打算回到駐防於貝拿勒斯的軍隊去的英國准將法蘭西斯．柯羅馬帝，也是福格先生在蒙古號上打惠斯特牌的好搭檔。

柯羅馬帝是一名個子壯高、髮色金黃，約五十多歲的中年人。他很年輕就加入軍隊，後來就隨軍隊來到印度，一直定居在這裡，很少回到英國的故鄉去，幾乎可以稱得上是一名「印度通」了。

如果福格向他問起任何與印度有關的問題，他肯定樂意將他所知道的印度歷史、人文風情等等，據實以告，成爲一個稱職的導遊。但是，福格先生什麼都不問，因爲他此行的目的並不在於觀光，只是要在地球上繞一圈罷了。

他就是這麼死板的人，此刻他心裡所想的，是打從他自倫敦出發到現在，究竟花了多少時間？如果他是一個有習慣動作的人，肯定會得意地搓著手，為目前的結果感到滿意。

柯羅馬帝雖然只有在牌桌上仔細地觀察過福格，但他並非沒有發現福格古怪之處。他早就懷疑，像費雷斯．福格這樣一位外表冰冷、行止得宜、性格嚴肅的人，胸膛裡是否也跳動著一顆凡人的心？對於自然美景是否也能有所感動？會不會和常人一樣，擁有希望和抱負？老實說，他也看過不少怪人，但從沒有一個像福格這樣，像數學一般精準無趣。

福格並沒有將他打算於八十天內環繞世界一周的計劃對柯羅馬帝隱瞞，甚至連打賭的事也說了。雖然不干自己的事，但是柯羅馬帝覺得打賭這種事，實在是一種毫無意義的怪癖，而有這種怪癖的人，大都欠缺理智。他不禁為眼前這名古怪紳士的未來感到擔憂，因為如果一直為打賭這種無聊事蹉跎下去，人生一定一事無成，對自己和他人都沒有什麼好處。

火車駛離孟買，穿過撒瑟特島上的高架鐵橋，進入了印度大陸，由卡連開始，火車一路穿越峰巒綿疊的西高止山脈，往東駛去。西高止山是由玄武岩和雪花岩所構成，峰頂長滿了一大片茂密的樹林。

柯羅馬帝和福格偶爾會彼此聊上幾句，但每次柯羅馬帝開了個頭，福格總是簡單應了幾句，話題就不了了之了。

比方，柯羅馬帝說起：「福格先生，要是你們早幾年來的話，你這個計劃準會成不了事，八成會在這個地方給耽誤了。」

「您這話從何說起呢？柯羅馬帝先生。」福格不經意地問。

柯羅馬帝說：「因爲一到了山腳下，你就得下火車，改坐轎子或騎小馬，越過山坡到坎達拉換車才行。」

福格先生神色自若地回答：「就算那樣，也絕不會耽誤我的行程的，我並不是沒有把一些意外發生的阻礙考慮在內。」

柯羅馬帝又說：「可是，像你的隨從之前闖下的禍，可就會讓你惹到不少麻煩。很可能會因此而壞了你的事。」

柯羅馬帝瞄了光著腳裹在旅行毯裡睡得香甜的萬事通一眼。他在夢裡，大概不會知道有人正在議論著他吧。

柯羅馬帝仍試圖警告福格事情的嚴重性，「英國政府對於這一類的事情相當重視，當局認爲，尊重印度人的宗教習慣是很重要的。如果你的隨從被逮捕的話……」

想不到，福格竟還是不置可否，態度不慍不火地說：「要是他被捕判刑，那也是他自作自受，等服完了刑就能回到歐洲。我倒看不出這件事如何能妨礙得了他主人的行程。」

話說到這裡，也沒有什麼好再爭論的了。

深夜裡，火車穿過山區來到了納西克，第二天就是十月二十一日了。火車駛過坎德西，經過一片平坦的田野，幾處印度的小農莊，看不到歐式的教堂鐘樓，只有隱隱看見幾個矗立的寺廟尖塔。由於有了哥達維利河的支流灌溉，使得這片土地變得肥沃且充滿生氣，規劃精良的田園，種植了豆蔻、丁香和紅辣椒等香料作物，也有一些地方種了棉花、咖啡等高經濟價值的作物。

萬事通睡了一場好覺，醒來後睜開眼一看，窗外的景色簡直讓他不敢置信。到現在他還不太相信自己此刻正搭乘半島鐵路的火車，一路橫越印度大陸。

一處處生長著棕櫚樹叢，樹梢上環繞著一縷縷薄薄的煙霧，樹叢中有一幢幢矮小的平房，還有一些已經荒廢的修道院廢墟和外形令人驚嘆的印度教廟宇，千變萬化的建築技巧與藝術讓人美不勝收。

鐵軌兩側的灌木林中偶爾傳來幾聲虎嘯，有時還隱約可見毒蛇的身影，還有一些象群出沒其中，帶著一臉好奇的表情看著火車奔馳而過。

而後，列車經過馬利甘姆，艾洛拉寺裡有許多建造得莊嚴美麗的寶塔，再過去就是著名的城堡——奧蘭加巴城，本是暴君奧朗澤的都城，如今也不過是尼札姆王國中的一個省分，謠傳此處正是侍奉死亡女神卡麗的信徒殺人的地方。

那些亡命之徒，隸屬於一個神秘的宗教團體，以祭拜死亡女神卡麗爲名，不分年齡大小一律將人絞死祭祀，不流任何一滴血。曾經有一段恐怖時期，沒走幾步路就能碰上一具屍體。由於英國政府積極介入，目前已經較少聽聞類似案件發生，但是那個可怕的組織依仍存在，也仍未停止殺人祭祀的習俗。

中午十二點半，火車暫時停靠在布漢普。許多旅客在蘇拉特附近用餐，飯後便沿著一條流入康木拜灣的塔普河岸散步，而後再回到火車上，前往阿蘇古爾。

趁著短暫的空檔，萬事通下車，花了大筆鈔票買到了一雙以假珍珠綴飾的印度拖鞋。這雙拖鞋做工雖然稱不上頂極，但看起來很華麗，萬事通穿上了以後，覺得自己好像身分不同了似的，很是得意。在旅程到達孟買之前，萬事通曾相信他的主人到了孟買就算了，沒想到，他們竟然登上速度飛快的火車，一路奔馳過印度大陸。

他原本壓抑在心底的冒險精神再次浮現，許多年少時的驚險幻想也重上心頭。現在，他慢慢相信主人福格先生打賭環遊世界一周的事，應該是真的，也就是說，他相信他們真的得用短短的八十天來完成這一趟旅行。

由於想法的改變，他也開始爲這趟旅程擔憂了起來，彷彿自己也和這場賭注有關似的，一想起自己前一天因爲好奇而差點誤事的愚蠢行動，就不免痛心懊悔了起來。

也正因爲他的個性不如福格先生那樣地冷靜沈著，因此他的心情更爲慌亂，把從他們動身出發至今的日子數了又數，就越顯得煩躁不安。他頻頻抱怨火車不該遇站就停，走得慢吞吞的，還喃喃地唸著爲什麼福格先生不像在蒙古號上一樣，給駕駛一筆獎賞，讓他們的動作快點，好早一點到達目的地。他可不知道，這不是福格先生小氣，而是火車有速度限制，就算駕駛願意也沒用。

到了傍晚，火車駛進了蘇特普山區間的隘道。第二天一早，柯羅馬帝問起萬事通現在是什麼時刻了，萬事通拿起他的大銀錶回答是早上三點鐘，他錶上的時間還是按格林威治子午線計算的倫敦時間，也就是距離這裡有七十七經度遠的地方，他們旅行得越久，他的錶上時間就越錯越慢，已經整整慢了四個小時了。

柯羅馬帝和法克斯一樣，提醒萬事通他的錶慢了，應該要每到一個地方，就依照當地的子午線時間調整時差；因爲一直朝向東方走，那麼白天的時間也就越來越短，每經過經線一度，時間就要短少四分鐘。

可是，這一切萬事通全都當成了耳邊風，說了也是白說，他堅持不肯調整自己錶上的時間。儘管如此，他這種天真的怪脾氣又不傷大雅，也影響不了誰，大家也就隨著他去了。

八點鐘的時候，距離羅塔站只剩下十五英哩，火車在樹林中一塊寬廣的空地上停了下來。空地上蓋了一排迴廊相連的平房小屋，看起來像是工人住的工寮。

車長沿著每個車廂叫喚，要求每位旅客準備下車。連同柯羅馬帝在內，福格先生等人全都驚訝得面面相覷。萬事通受命先下車察看了一下到底發生了什麼事，火車爲什麼要在這一處樹林裡停車？

萬事通跳下車後，沒多久就跑了回來。

他大氣喘得不停地大喊：「先生，前頭沒路了！」

柯羅馬帝一聽連忙跳了起來：「你說什麼？」

萬事通說：「前面沒有鐵軌，火車不能再往前走了。」

柯羅馬帝帶頭下車衝向列車長室，福格先生則不慌不忙地跟在後頭下了車。

一找到列車長，柯羅馬帝劈頭就問：「我們到了哪裡了？」

列車長回答：「到克比村了。」

「我們爲什麼要在這裡停車？」

「我們當然得在這裡停車，因爲前面的鐵路還沒修完啊……」

「什麼！還沒修完？」

「沒錯，大概還有五十英哩左右沒有完成，再過去，得到了阿拉哈巴德才有車。」

「可是，報上說已經完工，全線通車了啊！」

「先生，你問我也沒有用啊！應該是報紙寫錯了吧！」

柯羅馬帝聽了不禁激動地大吼：「可是，你們賣的是從孟買到加爾各答的票，對吧！」

「是這樣沒錯，可是大家都知道克比村到阿拉哈巴德這段路得自己想辦法。」列車長一副這應該是常識的態度，氣得柯羅馬帝一肚子火，而萬事通更恨不得一把將他掐死，或者痛打一頓乾脆。

這時，福格先生開口了，聲音平淡如昔：「柯羅馬帝先生，假如您同意的話，我們還是想看看有什麼辦法可以到阿拉哈巴德去吧！」

柯羅馬帝有點不敢相信福格竟能夠如此冷靜，說：「福格先生，看來這個意外要耽擱你的行程了。」

可是，福格依舊一臉平靜地回答：「不，柯羅馬帝先生，這早就在我的意料之中了。」

柯羅馬帝掩不住臉上的驚訝神色：「難道你早就知道鐵路會不通？」

「那倒不是，只是我早就知道旅途中難免會有些意外發生，有阻礙是在所難免的。不過，這並不礙事，因爲我還有兩天的空檔，今天才二十二日，我們肯定能趕上二十五日由加爾各答開往香港的船。」

看他回答得如此有自信，柯羅馬帝也不好說什麼了，於是一行人便到鎮上去，打算看看還有什麼交通工具可以用。

想不到，報紙上竟然出了這等烏龍事，明明鐵路還沒完工，卻提前報導鐵路通車，實在可笑。說也奇怪，大部分的旅客好像都知道這段鐵路還沒完工，許多人一下火車，就把鎮上所有的代步工具給搶僱一空了。福格等三人，在鎮上找遍了整個鎮，別說馬車、牛車，連匹小馬都找不到。

福格並不灰心，他決定：「我要步行去阿拉哈巴德。」

萬事通聽了主人的話，低頭看看自己腳上完全不濟事的漂亮拖鞋，不禁皺眉扮了個鬼臉。其實，他心裡有個想法，可是他不知道該不該說出來。

幾番猶豫，他終於鼓起勇氣，走到主人身邊說：「先生，我找到一種交通工具了。」

福格先生問：「什麼樣的交通工具？」

萬事通決定將他剛才的發現全盤托出：「是一隻大象。大概距離這裡一百步的地方，有一個印度人養了一頭大象。」

福格說：「好，我們就去看看。」

五分鐘之後，福格、柯羅馬帝和萬事通三個人，一起來到了一棟小土屋旁邊。小土屋的周邊以柵欄圍了一個大圓圈，圈裡綁著一頭大象。

萬事通找到了那名印度人，於是在飼主的帶領之下，他們一同進入了柵欄裡。那頭象看起來頗爲溫馴，據主人所說，他並不想將大象訓練來載運貨品，而是要訓練牠來打仗用的。

在印度有一種偏方，聽說連續三個月以糖和牛奶餵食大象，可以改變牠們溫馴的性情，藉此激怒牠們，使他們成爲一種名爲「馬其」的兇猛野獸。雖然聽起來頗爲不可思議，但是據說有很多象主都是以這種方法訓練成功。

看來，福格先生相當幸運，這頭象才剛剛開始訓練沒多久，還沒有變成「馬其」，仍舊相當溫馴，而且能像其他大象一樣載重且耐得住長途跋涉。

因此，福格當下就決定要用這匹名爲奇烏尼的大象當做旅行工具，況且現在一時間也找不到其他坐騎，象的腳程可是很快的。

由於印度的象群數量已經愈來愈少了，因此在印度人心目中已經算是一種珍貴動物，加上大象一旦被人馴養就很難自然繁殖，所以珍貴的大象幾乎是印度人特別愛護的寶貝。

當福格先生提議要租這一頭大象時，立刻遭到對方拒絕，但福格並不輕易放棄，一口氣就出價一個小時十英鎊，可是主人仍舊不肯答應。二十英鎊、四十英鎊，福格先生每加一次價，萬事通的心就抽動一下，如果到阿拉哈巴德以十五小時來計算，象主人足足可以賺得六百英鎊，但儘管這已經是相當優渥的價錢，象主人仍然不爲所動。

福格先生也是毅力驚人，他開口要以一千英鎊買下這頭大象。想不到那個象主人竟然還是不肯賣！柯羅馬帝把福格拉到一邊，警告他那個老滑頭肯定是看準了他們別無選擇，所以要海撈一票，要福格出價時小心一點，別著了人家的道。

但是福格回答，他做事一向考慮清楚，這是爲了贏得兩萬英鎊的賭注，現在他需要這頭象才能上路，即使貴上二十倍，他也得買。

那個印度人果然是想趁火打劫，小頭銳面，一雙眼睛閃爍著貪婪的目光，很明顯的，他已經不在乎那頭大象，只要福格出的價順他的意，他願意賣。於是，福格從一千一百英鎊開始往上加，一千五鎊英鎊、一千八百英鎊、最後開價兩千英鎊，萬事通幾乎要衝上前去揍他一頓了，氣得臉色發白，象主人終於同意以兩千英鎊成交。

萬事通恨恨地說：「要不是我這雙鞋走不了遠路，會讓你這個滑頭將這一堆象肉賣這麼多錢嗎？」

有了交通工具，接下來就剩下嚮導了。這事倒容易辦，萬事通找到了一個看起來機靈的帕西族年輕人，他很願意帶領福格先生他們到阿拉哈巴德去。福格先生同意僱用他，並承諾如果順利抵達，還會額外付給他一筆豐厚的賞金。

帕西人一聽喜出望外，立刻埋頭開始工作，他將那頭象自柵欄裡牽出來，在象背上鋪了一層厚厚的鞍墊，然後在兩側掛上了兩個鞍椅。福格自旅行袋裡拿出鈔票付給象主人，那些錢，就好像是從萬事通心裡挖出來的一樣。

由於福格的邀請，柯羅馬帝欣然同意與他們一同前往阿拉哈巴德。於是，兩人分坐兩側鞍椅，至於萬事通則高坐象背，兩腳跨坐在鞍墊上，而帕西人則趴在象脖子上。

九點整，一切準備妥當，他們一行人就離開克比村，走入茂林中的一條捷徑。

第12章 印度叢林中的殉葬隊伍

車上雕刻了許多交錯的毒蛇圖騰，車頭還有一尊看起來面目猙獰的女神像。女神像共有四條手臂，全身塗成赭紅色，披頭散髮，眼露凶光，伸著長舌，看起來相當可怖。

一開始，嚮導就引領著奇烏尼往左邊的森林走去，避開了右方那條正在修建的鐵路。因爲這條鐵路順著文迪亞山脈走，路徑彎曲，路途也遠多了。根據嚮導的經驗，如果直線穿過森林，可以少走二十多英哩；福格先生分秒必爭，少走一點路，也就代表能早一點到達阿拉哈巴德，因此他欣然同意嚮導的安排。

福格和柯羅馬帝坐在不甚舒服的鞍椅裡，只有露出兩個腦袋可以看看外邊的風景，大象奇烏尼邁開大步向前快走，兩個人也就在鞍椅裡顛來顛去，幸好英國人一向耐性驚人，所以即便不甚舒適，也沒聽他們兩個抱怨些什麼。

至於萬事通，可就不停地地默唸著主人出發前的交代，閉緊嘴巴，絕不將舌頭放在兩排牙齒中間，以免一個不小心舌頭沒了。只見他一會兒溜到象脖子那兒和嚮導擠成一團，一會兒又被拋到象屁股上，差點掉了下去，忽前忽後地，就好像是馬戲團小丑在玩翹翹板似的。

幸好他生性樂觀，這點刺激還看不在眼裡，還有空從口袋裡掏出糖來逗象玩；奇烏尼伸了長長的鼻子追著他要糖吃，腳下步伐可是一刻也沒停。

約莫跑了兩個小時左右，嚮導將大象停了下來，讓所有的人先休息一個小時，也讓連續奔跑的象可以喘口氣，喝些水。

嚮導牽著奇烏尼到附近的小水塘喝水，也讓牠嚼了些嫩樹芽。

這段休息對柯羅馬帝來說可是求之不得，一連被顛了兩個小時，他也有點吃不消了。反觀費雷斯．福格仍是一臉輕鬆自在，彷彿剛睡了場好覺下床來似的，精神好得很。

柯羅馬帝不禁佩服道：「你可真是鐵打的身子啊！」

萬事通邊準備著早餐，一邊應道：「應該說是鋼鑄的才對。」

到了中午時分，嚮導宣佈起程，一行人再度爬上象背鞍椅，開拔動身。

再走不久，眼前便是一片蠻荒叢林的景象，再過去是一大片生長著荊棘的平原，看起來荒涼無比，地上零星散佈著一堆堆的花崗岩石堆。

這裡不只荒涼罕無人煙，加上傳言有一些狂熱的宗教分子會在此出沒，也使得這段路程變得有點危機四伏。路上他們碰到了一群印度人，每一個皆怒氣沖沖、小心戒慎地盯著這頭大象的行動。嚮導一刻也不耽擱，一味地催促著奇烏尼向前奔馳，不輕易慢下速度來；在這處英國法治管不到的地區，一旦落入那些印度人手裡，會發生什麼事，誰也不知道。

幸好，路上沒碰到什麼野獸，也沒再有什麼大危機出現。

萬事通倒是蠻享受這趟旅程的，看著林間竄來竄去的猴子不時地哇哇怪叫，做出奇怪的姿勢和鬼臉，他不禁笑得東倒西歪。

他心裡擔心的是，等到了阿拉哈巴德該拿這隻大象怎麼辦？雖然說爲了買這個傢伙可是花了大把鈔票，要帶著一起走是絕對不可能的事，天曉得再加上運費，會是一筆多可怕的花費！但說要把他賣掉或野放，也真叫人捨不得。最最叫萬事通傷腦筋的是，萬一福格先生決定把這頭象送給他的話，他可怎麼辦才好？

到了晚上八點鐘，他們已經越過了文迪亞山區的主要山脈，就近在北坡上的一間廢棄小屋裡落腳歇息。算起來，已經走了二十五英哩，距離阿拉哈巴德大概只剩下一半的路程。

山上的夜晚，天寒露重，和山下的氣溫有極大的差異，嚮導在屋裡升起了一個小火堆，讓每個人都可以靠近來烤烤火。晚餐就將就吃著克比村買來的乾糧，草草解決。大家都累壞了，所以飯後也不再多聊，各自鋪了鋪蓋，沒一會兒便鼾聲大作進入夢鄉了。嚮導到了屋外，守在大象身邊休息，大象則靠著樹幹，站著睡著了。

這一夜除了遠處傳來幾聲野獸的嚎叫，一切相安無事。柯羅馬帝像個累垮的戰士，倒頭便是呼呼大睡；反倒是萬事通一夜難以安眠，翻來覆去，夢裡面自己好像又回到了大象背上被拋來拋去。至於福格則好像睡在他賽維勒街的安靜寓所裡一樣地安適平靜。

第二天早上，他們六點鐘就準時出發了，嚮導想要趁早趕路，好能在當天晚上就抵達阿拉哈巴德。照這樣的進度看來，福格先生所匀出的四十八個小時，只被佔用了一點點而已。

等過了幾個坡道，地面又恢復平坦，大象的速度也再度加快，飛快地向前奔馳。過了中午，就繞過了恆河支流卡尼河畔的卡蘭格村。嚮導一直刻意避開人群集聚的地方，他認為繞著邊緣走，會更安全些。很快地，不到十二英哩的東北方，就是阿拉哈巴德車站了。

他們在香蕉樹下小憩片刻，中午就以香蕉作為午餐，像奶油一般美味可口的香蕉，營養價值完全不遜於麵包牛奶，他們趁此大快朵頤了一番。

下午兩點，大象再度載著眾人進入茂密的森林裡。森林有隱蔽行蹤的功能，剩下的路段，還有好幾英哩，他們可不希望遇上什麼事，只求能平安到達目的地就好了。

但是，突然間大象停下不走了，無論嚮導怎麼好言勸誘，都不肯移動半步。

柯羅馬帝從鞍椅裡探出頭來，問：「怎麼了？」

嚮導仍摸不著頭緒：「報告長官，我也不知道。」他聚精會神地聽著周遭有什麼動靜。

從茂密的樹林中，彷彿傳來一陣嘈雜的聲音，越來越近，聽起來好像是人群的呼喊聲，其中還夾雜著鑼鈸的敲打聲。萬事通也瞪大了眼睛專心地聽著，福格先生沒有什麼特殊的表情，只是一言不發地坐著。

嚮導跳下象，行動敏捷地鑽進灌木叢裡，沒一會兒，他就跑回來了。

他一邊拉著象移動，一邊說著：「我們得先躲起來再說，有一隊婆羅門僧侶的遊行隊伍，朝我們這裡過來了。給他們瞧見的話不太好。」

嚮導將大象引領到一處茂密的樹叢裡，讓層層枝葉把他們緊緊覆蓋，就算那個遊行隊伍從旁經過也不會發現他們。

喧鬧的人聲和鑼鼓聲，慢慢地靠近，等隊伍逼近，還可以聽到一種曲音單調的歌聲。透過樹叢的縫隙，可以看見那是一隊宗教的隊伍，穿著打扮相當奇特。

走在隊伍最前方的，是一些頭戴尖帽，身穿花袈裟的僧侶。前後還簇擁著許多哼唱著歌的男男女女，其中也有不少小孩子，歌聲和鑼鈸聲此起彼落。在這群人之後，跟著一輛大車，車上雕刻了許多交錯的毒蛇圖騰，車頭還有一尊看起來面目猙獰的女神像。這輛車由四匹身披彩衣的駝牛拉著，女神像共有四條手臂，全身塗成赭紅色，披頭散髮，眼露凶光，伸著長舌，看起來相當可怖。神像的脖子上還戴著由骷髏頭串成的項圈，而腰上綁的則是由斷手繫成的腰帶，胯下則坐在一隻無頭怪物身上。

柯羅馬帝低聲地說：「這就是卡麗女神，她是主掌愛情和死亡之神。」

萬事通則嗤之以鼻：「要說她是死亡之神，我還相信，但這個醜斃了的老妖婆，絕不可能是愛情之神。」

嚮導連忙要他們噤聲，要是被發現了可不得了。

在神像四周圍著一群看起來瘋瘋癲癲的老僧，他們身上畫滿了一條一條像斑馬似的赭黃斑紋，還割出了一道道十字形的傷口，血紅的鮮血直淌出來，看起來相當恐怖。他們托著缽在車子旁跑來跑去，有的還趴到車輪底下，想讓載有神像的車輾過去。

在他們之後，又有幾個婆羅門僧侶，穿著華麗的僧袍，拖著一個身形不穩的女人，一路踉踉蹌蹌地走來。

那個女人年紀很輕，皮膚也相當白皙，看起來像一個歐洲人。她的身上披掛了許多寶石飾物，身穿繡綴金紗的緊身胸衣，罩著一件透明的紗麗，襯出她完美的曲線和體態。

而在這個女人之後，竟跟著一排衛兵，腰上別著長刀和長柄手槍，看起來殺氣騰騰的，他們共同抬著一頂轎子，轎子上躺著一個老人，穿著相當華麗。

最後是一支由樂隊和宗教信徒所組成的大隊人馬，不停地應著音樂大聲呼喊。

柯羅馬帝臉上露出極不自在的神色，小聲地問嚮導：「這是送葬隊伍？寡婦殉葬？」

嚮導點了點頭，連忙將食指擱在嘴唇上，要他別再作聲。

那一列長長的隊伍相當緩慢地向前移動，終於人群消失，連歌聲樂響也聽不見了。

福格問：「寡婦殉葬是怎麼一回事？」

柯羅馬帝回答：「在印度有一種習俗，妻子要心甘情願爲丈夫殉葬，說得明白一點，也就是拿活人爲祭品。您剛才看到的那個女人，明天天一亮就會被燒死。」

萬事通一聽不禁跳了起來：「什麼？那些壞蛋竟要將人燒死？」一向有正義感的他，幾乎忍不住內心裡的憤怒。

福格又問：「那個死屍是誰？」

嚮導說：「那是一位土王，也就是那個女人的丈夫。」

福格先生的聲調不高不低地說：「難道英國政府容許這樣野蠻的習俗存在於印度嗎？」

柯羅馬帝回答：「其實，在印度大部分已經沒有寡婦殉葬的儀式了。但是，這裡是土王管轄的區域，加上又是偏遠深山，即使女王的威權也管不了那麼多。」

萬事通還在憤恨地咕噥著：「可是，那個可憐的女人，就要被活活燒死了啊！」

柯羅馬帝說：「沒錯，可是如果她不願被燒死的話，她將會被逼入比死還不如的悲慘境地。她的親人會將她的頭髮剃光，不給她飯吃，將她趕出家門。失去家族的庇佑，她將被視爲一個下賤的女人，身分比狗還不如，沒有人在乎她會死在哪一個黑暗的角落裡。很多寡婦就是因爲不想落到這種境地，才寧願被燒死殉葬。只不過，也有些女人是真心想要殉葬，像我就聽說在孟買有一個寡婦想要爲丈夫殉葬，卻受到總督的嚴正拒絕，結果她後來逃到山裡的一個土王那裡，才算是達成了心願。」

柯羅馬帝將他所知道的一切全部說出來，但嚮導聽了搖搖頭，說：「這個女人可不是心甘情願的，在這個土邦裡大家都知道這件事。」

柯羅馬帝說：「可是，她看起來並沒有掙扎啊！」

「她已經被灌了麻藥，昏了過去了。」

「那他們要把她帶到哪裡去？」

「距離這裡兩英哩，有一座皮拉吉廟，在那裡過一個晚上，天一亮就把她燒死。」

「你說什麼時候？」

「明天天一亮就會執行。」

嚮導說完就將大象牽出來，然後爬上象脖子，準備要繼續往阿拉哈巴德出發。

但是，福格先生舉起手勢要他先別動。

福格說：「我決定要去救她。」

柯羅馬帝大叫一聲：「救她？那個女人？福格先生，你是說真的嗎？」

福格並沒有太大的情緒變化，回答說：「反正我還多出十二個小時的時間。」

柯羅馬帝說：「看不出你可真熱心啊！」

「偶爾爲之，只要我有時間的話。」福格輕描淡寫地說。

第13章 幸運總是向勇者微笑

老土王站了起來，像幽靈一樣地抱著他年輕的妻子走下祭壇來，在層層煙霧之中，看起來就像妖怪轉世一般。

既然決定要去救人，也就是要去冒險。不只是要拿生命去冒險，也是要將福格此次旅行任務的成敗去冒險，但是他絲毫沒有猶豫，再加上有柯羅馬帝這位千錘百鍊的戰場老將相助，他也無須擔太多心了。

至於萬事通就更不用說了，他早就興致勃勃地站在一旁，隨時聽候主人差遣。他發現他的主人，外表看起來雖然嚴謹冷酷，但骨子裡可是熱血心腸的人，因此他對福格先生更加地愛戴了。

柯羅馬帝質疑嚮導會不會因爲自己也是印度人，所以不便參與，倘若如此，福格也不至於強求，他大可保持中立。

但嚮導坦然地說：「長官，那名受難的女人和我一樣同是帕西人，我很樂意助上一臂之力，用得上我的地方，請儘管吩咐好了。」

「好極了。」福格說，既然全體一致通過，接下來就是擬定策略了。

嚮導又接著說：「不過我可得提醒各位，咱們的行動可不只是拿生命來冒險，萬一被抓住了，咱們就得面對可怕無比的酷刑對待。」

福格仍然一臉平靜地說：「這是可以預料的。我想我們應該等到天黑再動手。」

大家都表示同意。嚮導將他所知道有關那個女人的事情，全對大家說了一遍。

那個女人名叫艾娥達，是一位非常有名的印度美女，她也是帕西人，出身於孟買的富商家庭，受過高等的英式教育，修養和風度都是一流，幾乎和歐洲人沒什麼兩樣。

她的家人遭故身亡，遺留下她孤單一人，便被迫嫁給年紀很大的土王，新婚才不到三個月，就成了寡婦。土王的親屬認爲依照禮俗她應該要爲夫殉葬，她知道自己將要被人活活燒死，便逃了一次，可惜被抓了回來，不但被下藥還被關了起來，以防她再次逃走。照剛剛的情況看來，她這一回是難逃一死了。

嚮導的話，讓其他三人更加堅定了要去將她解救出來的決心。在嚮導的帶領下，約莫一個半小時之後，他們一群人和一頭象，一同來到了皮拉吉廟的附近樹叢躲藏起來。他們可以清楚地看見廟宇的外形，也可以清楚地聽見信徒們瘋狂的叫喊聲。

熟悉地況的嚮導很肯定那個年輕的女人一定被關在裡面，但到底要用什麼樣的方法，才能在不驚動眾人而將那名女子救出，則令人大傷腦筋。一時間，誰也想不出什麼好方法來，這座廟又沒有什麼密門可以運用，總不能在牆上挖個洞溜進去救人吧。不過，這件事刻不容緩，今天晚上一定得完成，否則明天天一亮，她就要被燒死了。

福格一夥人只能眼巴巴地等著黑夜降臨，大概六點鐘左右，天一黑，他們就分頭將廟宇周圍探了個清楚。此時僧侶的歌唱聲已經停止了，依慣例，那些人喝下鴉片和苧麻製成的昂格酒，大肆狂歡，現在應該已經醉癱成一片了。

福格認爲，如果那些人全都醉倒了，那麼他們剛好進去救人。於是在嚮導的帶領下，他們悄悄地在森林中前進，過了一條小河，便看見了祭壇。樹林裡豎著許多燃燒著樹脂的火把，中央以柴薪堆了一個高高的壇，頂上放著土王薰香處理過的屍體，那名寡婦將在這裡和土王的屍體一同被火化。

距離祭壇約莫一百步的距離處，就是皮拉吉廟。廟堂的尖塔，襯著樹影矗立在陰暗的天空裡，看起來氣氛詭譎。

他們悄悄地爬過荒草叢，風吹過樹梢，發出了陣陣嗖嗖聲。來到了空地邊緣，地上果然躺滿了醉倒的人，男男女女，大人小孩，東一個，西一個，乍看之下就像一個遍地死屍的戰場一樣，令人怵目驚心。

他們往皮拉吉廟看去，那裡警衛森嚴，許多位衛兵舉著火把，佩著軍刀，站在廟門口來回守著，巡邏著。可想而知，廟門裡面也肯定是重重守衛著。

嚮導要大家退回原處，來到一排樹叢後面躲著。他們都明白，現在想要硬闖是決計不可能的。不過，也不能在這裡枯等，時間一分一秒地過去了。

柯羅馬帝說：「不然，我們再等等吧，現在才八點鐘，那些警衛總要睡覺的吧。」

於是，一夥人只好就在樹後面坐下儲備戰力，伺機而動。

此刻時間對他們來說，實在是分分難熬，嚮導不時爬過空地到寺廟的邊緣偵察衛兵們的動靜。可是，就這麼一直等到了午夜，那些衛兵絲毫沒有鬆懈的意思，而從廟裡面透出來的燈光看來，那些守在裡面的僧侶八成也不會休息，看來想要趁他們睡覺時溜進去劫人的方法是行不通了。

他們重新思索救人計劃，看來只有看看能不能挖出個小洞，確認廟裡面究竟是否和門外一樣嚴密。於是，四人立刻出發，由嚮導領頭，福格、萬事通和柯羅馬帝則跟在後頭，一同來到廟宇的側面。這裡是唯一沒有警衛的地方，因為這裡不只沒有門，連一扇窗都沒有。

夜漸漸地黑了，半圓的月亮剛剛由地平線升起，滑進濃濃的烏雲中間，忽明忽暗，使得幢幢的樹影變得更加深邃詭異。他們各自拿起隨身帶的小刀，分頭由牆壁的縫隙開挖，這種磚造的牆壁只要能挖出一個磚頭，後頭就容易多了。

他們小心翼翼地挖著牆，儘量不發出一點點聲音，以免引來警衛的注意，功虧一簣。總算挖出了一個兩英呎見方的洞口來。

忽然，廟裡傳來有人喊叫的聲音，廟外也有人群起呼應。為了怕是行跡已經敗露，他們只好先暫時停下手中的工作，先躲回樹叢後，等風頭過了再說。

可是，不知幸或不幸，當他們躲回樹叢時，竟有兩個衛兵走到了廟側附近站崗，將他們的去路擋住了，挖牆的工作只得停頓下來。

失望沮喪的情緒瀰漫在眾人之中，連接近都接近不了，還談什麼救人呢？柯羅馬帝氣憤地緊握拳頭，而萬事通更是早已怒髮衝冠不可自抑，連嚮導都幾乎忍不住氣了，只有福格仍是一臉面無表情，看起來平靜得有點高深莫測的感覺。

又等了許久，警備未曾稍弱，反而加倍嚴密。

柯羅馬帝說：「很遺憾的，我們不得不放棄了。」

嚮導說：「是啊，也只好走了。」

但福格不肯：「等一等，我還有時間，只要在明天中午以前趕到阿拉哈巴德就好了。」

柯羅馬帝問：「可是您現在又有什麼方法呢？我們又進不去，再說再過幾個小時天就要亮了，到時候……」

福格打斷他說：「我總會想出辦法來的。」

這個外表冷靜至極的英國人到底想要怎麼做呢？柯羅馬帝靜靜地看著福格，很希望能從福格的表情裡看出些什麼。難到他想在舉行火葬的時候，當著眾人的面衝過去搶人嗎？瘋了才會這樣做。可是，此時柯羅馬帝卻說不出反對的話來。

由於警備的範圍擴大了，所以嚮導要求他們先回到空地上再說。於是，他們只能在空地這頭，越過那些醉昏了的人，遙遙地望向廟門，苦思是否還有任何可行的方法。

萬事通坐在一根樹幹上，遠遠看著皮拉吉廟，突然，他腦子裡一個念頭閃過。

他自言自語地說：「不，不，不，這樣太愚蠢了……可是，爲什麼不能呢？……說不定這是一個機會，……也許是僅有的機會，那些蠢蛋說不定……」

他想著想著就越覺得自己的方法可行，於是他便毫不遲疑地溜下樹來，扭動著柔軟的身體，俯趴得幾乎貼地面，往那些低矮樹叢那裡爬去。

時間一分一秒地過去了，很快地夜色由深沈的黑暗，慢慢地透出幾許光亮，眼看黎明就要來臨了。

終於到了火葬的時刻，原本躺在地上的人，全都像死人復活似地爬了起來，鑼鼓聲、歌聲、各種喊叫聲，又重新在祭壇周圍喧騰起來。

那個可憐的女人，死期就要到了。

福格和柯羅馬帝趴在樹叢後，看見廟門驟然大敞，在火把的強烈照射下，那名可憐的寡婦被兩名僧侶給拖出廟門，往祭壇走去。火光中可以清楚地看見，她正用她最後一點清醒的力量抵抗著麻藥的藥力，死命地掙扎著。但她的力氣如此地弱小，根本掙不脫僧侶有力的大手，只能一步一步地朝祭壇靠近。

柯羅馬帝感覺自己體內的血液沸騰了起來，他轉頭看看福格，看見他拿著方才挖洞的小刀，面無表情地盯著祭壇上的所有動靜。

人群再次騷動了起來，有一個僧侶噴出一陣大麻煙霧，那名女子終於支撐不住地昏了過去，被人拖著穿過一排口中喃唸經文的苦行僧，筆直朝向祭壇走去。

福格和柯羅馬帝等人也跟慢慢往祭壇方向移動，終於，人群在靠近河邊的地方停了下來，晨曦之中，那名的女人已躺在她的丈夫屍體旁邊，看起來毫無生氣。

有一個火把被傳遞了過來，輕輕一碰，就將那堆早已浸透了油的木柴點燃，燃起了熊熊的火焰，很快地，整座祭壇就籠罩在火焰之中了。

點火的那一刻，福格忍不住要奮不顧身地衝上前去，但柯羅馬帝和嚮導連忙一邊一個將他牢牢抱住，拖住他的行動。但福格的力量大得驚人，一把推開了他們兩人的箝制，正要往前撲過去時，人群發出一聲驚呼。

人群的叫聲相當驚恐，彷彿一個個都嚇得魂不附體，全都跪倒在地上。

他們朝著祭壇看去，不可置信地看著眼前的一切。老土王站了起來，像幽靈一樣地抱著他年輕的妻子走下祭壇來，在層層煙霧之中，強而有力的手臂，一點也不吃力地抱著那名女子，看起來就像妖怪轉世一般。

所有的人全都給嚇傻了，衛兵、苦行僧、僧侶、信徒，全都跪趴在地上，根本不敢抬頭看那個妖怪。連福格和柯羅馬帝也都看呆了，嚮導害怕得彎著腰，一點也不敢抬頭。

復活的土王，就這麼走到了福格身邊，經過他們的時候，急促地說了聲：「快走！」

原來是萬事通！福格等人一時醒覺。想不到他竟然能在濃密的煙霧之中，偷偷爬上祭壇，不動聲色地將那名女人救起，然後再若無其事地走過那片被嚇壞了的人群。好一個萬事通！四個人連忙快速往樹林奔去，沒多久，就消失在樹林之中，奇烏尼腳程快速地帶著他們飛快地往前跑，牠可是休息得夠久了呢！

後面很快就傳來了追趕的吼叫聲，一陣槍響，一顆子彈打穿了福格先生的帽子，那些印度人已經發現他們的計謀了。

有人將殉葬的寡婦劫走了！祭壇上只剩下老土王孤零零的屍體，在火焰中燒得焦黑。

衛兵們全都帶著槍衝進樹林裡，但是，那些人逃得飛快，一下子就逃出射程之外，追也追不上了。

第14章 無心欣賞恆河岸的山谷美景

成群的男女信徒，在恆河裡虔誠地接受聖河的洗禮。當現代化的汽船駛過，攪動了恆河聖水時，不知道那些神祇又將如何看待這個英國化了的印度呢？

完成了這個大膽的救人計劃，萬事通可得意了，都已經過了一個多鐘頭了，他還不住驕傲地哈哈大笑著。

打從他成功地將那名年輕女子救了出來，嚮導一臉佩服地看著他，連柯羅馬帝也同他握手，讚許他的勇氣。更值得一提的是，福格自他手中將那名女子接過來安置在鞍椅之中時，還對他說了聲「好」，這個「好」字能從他的主人口中說出來，那已經是很高的稱讚了。他心裡想著，想不到我這個曾經是體操教練、消防隊隊長的萬事通，這回可變成老土王的死屍了！呵！呵！

就在萬事通得意不已的同時，那名女子並不知道自己已經逃過死神之手，被旅行毯緊緊地包裹著，安穩地躺在鞍椅之中。

她始終昏迷不醒，就連嚮導餵了她一些水和白蘭地，也都沒有清醒過來。柯羅馬帝說這是因為她吸了大量大麻煙的緣故，過一陣子麻藥退了，自然會清醒。

他們一路披星戴月地趕路，晨星退去，朝陽升起，直到七點鐘時，他們已經穿越過一片廣闊的平原，才停下來休息。

柯羅馬帝向福格提起，他並不擔心這名女子不能恢復健康，卻為她未來的歸宿感到擔憂。他認為如果艾娥達繼續留在印度，肯定不能逃過那些殺人魔王的魔掌；那些信奉秘教的傢伙在印度還有相當的勢力，連警方都束手無策，所以只要她還在印度境內，就一定會被那些人給抓回去燒死。

費雷斯．福格看了那名女子安躺的鞍椅一眼，依舊無表情地說他會仔細考慮柯羅馬帝所提的問題，爾後便不再多說，始終一個人沈思著。

將近十點鐘的時候，嚮導大聲宣佈阿拉哈巴德已經到了，只要在阿拉哈巴德搭上火車，不用一天一夜就能抵達加爾各答。福格必須在隔天十月二十五日中午準時到達加爾各答，才能來得及搭上那艘開往香港的輪船。

到了阿拉哈巴德，他們先在車站附近租了一個房間讓艾娥達休息，而後福格便交代萬事通去為艾娥達打理服裝等物品。於是萬事通便跑遍了城裡的幾條大街，決定把各種的裝飾品、衣服、紗麗、外套等等全部買了齊，反正主人並沒有限制他只能花多少錢。

這座阿拉哈巴德乃是一座聖城，也是印度最受尊敬的城市，位於恆河和朱木拿河的交會口。依照《羅摩衍那聖傳》中的記載，恆河原本發源於天上，後來是由梵天所爲，才讓這條河由天上流到了地上。所以，阿拉哈巴德更被稱之爲「天上之城」，吸引了無數印度半島的香客前來參拜。

過去這裡曾經是一座工商業並行的城市，但是現在已經全然沒落了。原本肩負保衛城市任務的碉堡，現在已被改建成監獄了。

萬事通走來走去也找不到一家像樣的百貨公司，好不容易才找到一家猶太老頭開的服飾店，買齊了他到的東西，一件蘇格蘭呢長裝、一件斗篷、一件漂亮的獺皮大衣，花了七十五鎊後便抱著滿懷的戰利品回到車站去了。

經過了一段時間的休養生息，艾娥達已經逐漸清醒了。當她明白那些恐怖的祭司再也不能傷害她時，她眼中的陰影終於漸漸消退，再度回復了誘人的美麗神采。

詩中之王烏薩夫·烏多爾曾經寫過這麼一首詩來盛讚雅美那嘉拉王后的美貌。詩裡是這麼形容的：

她那閃爍烏黑光澤的秀髮披垂兩側，
圍繞著那勻稱雪白又紅嫩的豐頰；
她那烏黑的眉毛，有如愛神卡馬有力的彎刀；

她那晶亮的明眸，深藏在長如絲線的睫毛之下，
黑幽的瞳仁，猶如喜瑪拉雅山上的聖潔湖水，映照著璀璨天光。
她那皓白無瑕的貝齒，她那微笑輕啟的朱唇，
恰如半開的石榴花映著點點晶瑩的露珠；
她那玲瓏的雙耳，她那紅潤的小手，她那青蓮花瓣般的雙足，
無一不是閃耀著錫蘭最美的珍珠、哥達康最美的鑽石光芒；
她那纖細不盈一握的腰肢，她那豐潤完美的胸房，她那俏麗渾圓的臀，
最珍貴的財富寶物也比不上她似錦的青春年華。
絲綢包覆的身軀，猶如不朽的雕刻家維克瓦卡馬巧心雕琢的純銀塑像。

當然，我們也可以用不著這麼多誇張的詞句來形容，簡單地說，即使依一般歐洲人的標準來看，這名土王遺孀也稱得上是一名美麗高貴的女士。她不但英語說得相當純熟，正如嚮導所說的，英式教育已將這名帕西人成功改頭換面成另一種人，這樣的說法一點也不誇大，只見她舉手投足，都是一副標準英國貴婦風範，令人著迷。

福格先生在車站將這一趟路程的工資付給嚮導，不多也不少，剛剛好就是出發前所答應的數字。這點倒是讓萬事通感到奇怪，一向慷慨的主人，怎麼這回顯得小器多了，照說這名

嚮導沒有功勞也有苦勞，沒有他的帶領，想深入森林救出艾娥達，根本是不可能的事。萬事通心想，照理說基於嚮導的忠誠表現，主人或多或少該給他一些獎勵的，更何況他在這場救人行動中參了一腳，日後那些邪惡的印度人要是找上他的話又該如何是好？

就在萬事通百思不解的時候，福格先生開口了。他說：「可敬的帕西人，你做事能幹，爲人忠誠，我應當回報你對我的忠誠，你想要這頭大象嗎？牠是你的了。」

嚮導聽了簡直不敢相信，喜出望外地說：「先生，您是說真的嗎？您的這項獎賞可要使我發大財了！」

福格說：「收下吧，這還比不上我欠你的人情。」

萬事通也跳起來大叫：「是啊！收下吧！奇烏尼可是一頭既強壯又聽話的大象呢！」他跳到大象跟前，從口袋裡拿出幾顆糖餵牠。他說：「吃吧！奇烏尼，快吃吧！」

奇烏尼高興地接了下糖，還用牠的長鼻子把萬事通舉起來，幾乎和牠的頭一樣高，可是膽大的萬事通一點也不怕，還興高采烈地摸摸牠的鼻子。等奇烏尼將他輕輕放回地上，他便緊緊地握了一下大象的鼻尖當作是握手道別。

開車的時間就要到了，福格等人已經坐在一節相當舒適的車廂裡了，其中艾娥達夫人正坐在最好的位子上。十點一到，火車便飛快地開往貝拿勒斯。兩個小時後，他們已經離開阿拉哈巴德八十英哩了。

艾娥達夫人已經完全恢復精神了，當她發現自己竟穿著一身歐洲仕女的服裝，和一群素不相識的旅客坐在火車上，不禁感到一陣驚愕，但很快地，在同伴細心的照顧下，她悸動的心跳，漸漸平撫了下來。

柯羅馬帝將所有發生的事全數向艾娥達托出，更一再地指出費雷斯．福格仗義救人的偉大情操實在令人感動，爲了拯救她的性命，甚至不顧自身的危險。當然，若無萬事通所想的錦囊妙計和大膽行動，事情也無法順利圓滿成功。

福格先生在一旁一言不發，任憑柯羅馬帝隨便說，至於萬事通則不禁紅通了臉，有點不好意思地說：「我……我不值得一提啦！」

艾娥達夫人以晶瑩的淚珠和激動的眼神，向她的救命恩人表達誠摯的感激之意。一回想起當時驚險萬分的景況，連帶地也勾起她的恐怖回憶。

福格彷彿明白她心裡的想法，便安慰她表示願意帶她一同前往香港，以避開那些異教徒的魔掌，等事情平息再回到印度。他的語氣仍舊不慍不火，聽來幾乎沒有溫度。

艾娥達對福格的慷慨，表示相當感謝，她說她在香港有一位經商的親戚可以投靠，很願意同他一起搭船到香港去。

火車在十二點半時準時到了貝拿勒斯。根據婆羅門教的傳說，這個地方是古代卡錫城的舊址，據說，古代卡錫城就和穆罕默德的墳墓一樣，是懸在天地之間的，也就是東方人文學家稱之爲「印度的雅典」之處，但現今看來，貝拿勒斯城一不過是座建在地上的城市，倒是沒有什麼特別的地方。在萬事通眼中看來，這個只有幾處磚房和茅屋的地方，一點看頭也沒有，反倒有點荒涼的感覺。

柯羅馬帝駐防的軍隊就在距離城北幾英哩的地方，所以他就要在此處下車和大家告別。他首先預祝福格的旅行一路順暢，平安無事，福格也有禮地回握與他道別。艾娥達夫人熱情地爲這一名英勇的軍官祝福，感激他的大恩大德。至於萬事通則以和柯羅馬帝握手爲榮，心想不知何時才有機會再見到這位英國准將。

就這樣，火車再度由貝拿勒斯出發，一路穿過恆河河谷。窗外晴朗的天氣，映照出比哈爾千變萬化的美麗景致：青翠的山峰，金黃的麥田，淺綠的河川與沼澤棲息著同色系的鱷魚，房舍整齊的村落，四季長青的森林，隱約可見幾隻大象和駱駝在恆河裡洗澡。

時序雖然才不過初秋，氣溫卻已經顯得有點寒冷，但仍有成群的男女信徒，在恆河裡虔誠地接受聖河的洗禮。他們都是佛教的死敵，也就是婆羅門教的教徒；他們主要信奉的神明分別爲太陽神毘斯奴、自然化身濕婆以及最高主宰梵天。然而，當現代化的汽船駛過，攪動了恆河聖水時，不知道那些神祇又將如何看待這個英國化了的印度呢？

由於火車行駛快速，窗外的景致也如浮雲般一閃而過，有時還會被陣陣白煙給覆蓋得什麼都看不清楚。旅客只能隱約瞥見昔日比哈爾土王所居住的舒納爾堡、加吉甫重要的玫瑰香水工廠、康瓦里爵士的墳墓和印度最大的鴉片工廠所在地帕特那……許多的工廠製造出濃濃的黑煙，將這一處處的美景完全破壞。

隨著黑夜的降臨，火車在老虎、野狼、大熊等等野獸的嚎叫聲中向前奔馳，孟加拉、哥康達等等諸多美景，旅客都無緣得見；如果萬事通能見到法屬地昌德納哥上飄揚的法國國旗，恐怕會更加地高興呢！

火車終於在清晨七點抵達加爾各答，由於前往香港的郵輪要到中午十二點才開，所以福格等於還有五個小時的空閒時間。

依照他的進度表，他應該在離開倫敦後第二十三天，也就是十月二十五日到達印度首都加爾各答，現在他正好如期趕上。雖然，原本節省下來的兩天時間，已經在穿越印度半島的過程中用掉了，但是他應該不會感到後悔才對。

第15章 遭到警察拘捕

八天！費雷斯．福格要在加爾各答禁閉八天，萬事通幾乎被嚇傻了。只因為他做了一件蠢事，卻要連累主人輸掉兩萬塊錢的賭注，他恨不得時間能夠重來。

火車終於風塵僕僕地抵達了加爾各答車站，一靠站，萬事通就搶先跳下車，而後福格也扶著那位新加入的年輕旅伴走下月台。

福格打算先到那艘開往香港的郵輪上，爲艾娥達夫人找一個舒適的座位，他不願意丟下她一個人，印度這個國家對她來說實在太危險。

但是，他們才一走出車站，就有一名警察上前來盤問。

警察說：「您就是費雷斯．福格？」

福格回答：「是的。」

「那這一位就是你的僕人囉？」警察又指著萬事通說。

「沒錯。」

「那麼，請兩位先跟我走一趟警局。」

福格先生倒是沒有露出驚慌失措的表情，畢竟警察就代表著法律，對於英國人來說，法律是不可侵犯的。但是，萬事通可就不同了，他是個法國人，才不管這一套呢，捲起袖子就想和警察理論，警察見他狀似拒捕，便抽出警棍來，敲了他一棍；萬事通更是怒不可遏，可是福格先生舉起手，要他稍安勿躁，先聽警察的再說。

福格問：「請問這名女士可以和我們一起去嗎？」

警察說：「可以。」

於是，警察便帶著他們三人一起搭上一輛由兩匹馬拉的四輪四座馬車，往警察局開去。沿途大家都不發一言，誰也沒說半句話。

馬車經過貧民窟，矮小的土屋裡，盡是些衣衫襤褸的流浪漢、乞丐，而後再穿過歐洲區，這裡的景致就大有不同，不只到處都是磚造房舍，而且種植了許多椰子樹和杉樹，將街道遮蔭得清涼悅目。街道上已有許多威武的騎兵和裝飾華麗的馬車飛快地奔馳著。

馬車在一棟房子前停了下來，警察要他們三人下車，然後將他們帶進一間裝有鐵窗的房間裡。警察說：「八點鐘的時候，歐巴第亞法官將會審問你們。」而後就鎖上門走了。

萬事通這才驚覺，他們著了警方的道，大叫：「糟了，我們被關起來了。」沮喪地癱坐在椅子上。

艾娥達夫人力持鎮靜地對福格說：「先生，我想他們一定是爲了我的事而來，您別再管我了。」雖然，她表面上假裝得很堅強，但是音調中已經掩飾不住她內心的激動。

福格握住她的手說：「不，不可能的，那些僧侶如何敢到這裡來指控我們？妳放心好了，我一定會安全地護送妳到香港去的。」

萬事通垂頭喪氣地說：「可是，船十二點鐘就要開了！」

福格先生信心滿滿地說：「十二點鐘我們一定能夠準時上船的。」

看到自己的主人如此肯定，萬事通也跟著喃喃自語：「對，沒錯，我們十二點鐘一定能夠上船。」但是，其實他心裡一點把握也沒有，他一點也坐不住，忍不住又站起來走來走去，一會兒站，一會兒坐，煩得不得了。

到了八點半，房門終於開了，剛才那名警察又出現了，將他們三人一起帶到隔壁的大廳裡。裡面已經坐滿了許多旁聽的民眾，有歐洲人，也有印度本地的人。

警察指示福格、艾娥達和萬事通在面對法官的長凳上坐了下來，沒多久，法官就走了進來，後頭還跟著一個書記官。

歐巴第亞法官長得非常胖，他一坐到自己的位置上，就拿起假髮往頭上一扣，大聲宣佈：「開始審理第一個案件。」但他好突然發現什麼事情似的摸摸自己的頭，而後把假髮拿下來，說：「這不是我的假髮。」

他的書記官連忙站起來說：「喔，法官，那是我的。」

歐巴第亞法官把手上的假髮交給書記官，換回自己的假髮戴上，嘴裡還叨唸著：「唉，親愛的奧依斯特普夫先生，您要一個法官戴上書記官的假髮，教他如何能夠英明地審理案件呢？」

看著他們磨磨蹭蹭地換假髮，萬事通可快要急死了，他覺得法庭裡的那個大鐘簡直像野馬在跑一樣，快得不得了。

歐巴第亞法官戴妥了假髮，再次宣佈：「開始審理第一個案件。」

書記官站起來，開始唱名：「費雷斯．福格？」

福格回答：「在這裡。」

「萬事通？」

萬事通大聲答：「有！」

法官說：「兩名被告注意！我們已經在火車上找了你們兩天。」

萬事通沈不住氣地大吼：「你們憑什麼告我們啊？我們到底犯了什麼罪？」

法官說：「你們等一下就知道了。」

此時，福格先生開口了：「法官先生，身爲英國公民，我有權利……」

但法官打斷他的話，「難道有誰對您不禮貌嗎？」

「那倒沒有。」

「既然這樣，那將原告帶上來吧。」

法庭邊的一個小門打開了，有三名僧侶與一名法警一起走進來。

萬事通一看忍不住嘟囔：「這不就是那些要燒死艾娥達夫人的壞蛋嗎？」

書記官等三名原告站妥，便大聲宣佈訴狀：三名僧侶控告費雷斯．福格和他的僕人萬事通褻瀆神靈，玷污了婆羅門教神聖的寺廟。

法官問福格說：「您聽清楚了嗎？」

福格拿起懷錶看了一下，「聽清楚了，法官先生。我承認。」

法官反被他嚇了一跳，問：「什麼？您承認了？……」

福格站得筆直，說：「是的，我承認，但是我希望這三位僧侶也承認他們在皮拉吉廟裡所做的惡事。」

三名僧侶相互看了一下，完全不知道福格在說些什麼。

萬事通氣得大叫：「別裝傻了，就是他們在皮拉吉廟前，要把一個人給活活燒死！」

他的話讓三個僧侶全嚇呆了，現場的人也全都驚訝得議論紛紛。

法官吃驚地問：「燒死誰？在孟買城裡嗎？」

「孟買？」這下子輪到萬事通驚訝了，難道不是艾娥達夫人那件事？

「就是在孟買，而且不是皮拉吉廟，而是瑪勒巴山的寺院。」

書記官將一雙鞋放在桌上，說：「這就是玷污寺院的犯人所穿的鞋子。」

萬事通不自覺地叫了一聲：「那是我的鞋子！」

局勢有了一百八十度的轉變，在萬事通叫了那一聲之後，他們主僕二人也想起了究竟是怎麼一回事了。

由於這一路來發生了太多事情，他們早將萬事通在孟買發生的事給忘得一乾二淨了，想不到這三個僧侶竟然千里迢迢地跑到加爾各答來控告他們。再加上萬事通剛才已經承認他就是那雙鞋的主人，罪證確鑿，想賴也賴不掉。

其實，這三名僧侶會出現在加爾各答並非巧合，全都是法克斯在幕後一手操控的。當時，他沒搭上那班開往加爾各答的火車，就是因爲他聽見了萬事通向福格自白在瑪勒巴山寺所發生的事。於是，他立刻趕往瑪勒巴山寺，遊說那些僧侶和他一起到加爾各答來，因爲他知道英國政府是如何看待這一類的罪行，舉凡對宗教不敬的人，都會受到嚴厲的處分。

而後他們便先發電報通知加爾各答法院，接著再搭上下一班車前往加爾各答，原本大概比福格他們晚了十二個小時；可是，福格主僕二人恰巧遇上了艾娥達事件，所以反而比他們慢一步到達。

法克斯一到加爾各答就整天都守在車站裡，法院下令只要費雷斯．福格主僕一下車，就立刻逮捕，法克斯的目的就是要絆住他們的腳步，好等拘票寄到，他便可以立刻逮捕費雷斯

・福格這個大盜。

如果萬事通不是那樣聚精會神地聽著法官審問自己的案子，他就會發現在旁聽席後邊角落裡的法克斯。他對自己的失言非常後悔，恨不得拿出自己所有的財富，去贖回那句一不小心滑出來的話。

法官問：「這些你們都承認了嗎？」

福格回答：「都承認了。」他的聲音不帶一點溫度。

即然嫌犯已經認罪，於是法官便開始宣判：「根據大英帝國以平等嚴格的態度保護印度居民的所有宗教，被告萬事通已經承認於十月二十日玷污孟買瑪勒巴山寺神殿一事之事實，本庭宣判：上述被告萬事通需禁閉十五天並罰款三百英鎊。」

萬事通一聽忍不住大叫：「什麼？三百英鎊？」

沒辦法，對於錢的數目，他一向特別敏感。

法警出聲制止他：「安靜。」

法官又繼續說：「此外，費雷斯・福格先生由於無法提出並非同謀的有力證據，且應對自己僕人的行為負一切責任，本庭宣判費雷斯・福格需禁閉八天，罰款一百五十英鎊。」

法官接著便要書記官開始處理第二個案件。坐在角落裡的法克斯，高興得幾乎要跳起來歡呼了，八天！費雷斯・福格要在加爾各答禁閉八天，什麼拘票也都寄到了。

相對的，萬事通可就要哭了，他幾乎被嚇傻了。

只因為他做了一件蠢事，卻要連累主人輸掉兩萬塊錢的賭注，他恨不得時間能夠重來，但是現在他就算後悔死，也沒有辦法轉圜了。

但是，福格先生看起來並不像萬事通那樣萬念俱灰的模樣，依然冷靜自若，彷彿這個判決根本和他沒關係似的，連眉頭都沒有皺一下。就在書記官準備開始宣佈進行下一個案件時，他站了起來。

他說：「我請求交保。」

法官說：「可以，那是你的權利。那麼依據你們的外籍身分，合計各要繳保證金一千英鎊，如果你們前來服刑，期滿便可以拿回保證金。」

福格先生二話不說就將行袋裡的錢拿出來支付保證金，而後挽著艾娥達的手，對萬事通說了聲：「走吧！」便率先離開了法庭。

萬事通生氣地朝著法官說：「那你們可得把鞋還給我！」

書記官將那雙鞋遞給他，他忍不住小聲暗罵：「這雙鞋可真貴啊，一隻一千英鎊，怎麼走啊？」他接過了鞋，便垂頭喪氣地跟在主人後頭離開。

情勢驟轉直下，讓法克斯驚訝得措手不及，連忙追了出去。他怎麼也沒想到這個大竊賊，竟會因不願坐八天禁閉而甘願付兩千英鎊。

預定前往香港的仰光號已經停泊在碼頭上供旅客上船了。大鐘敲了十一點鐘響，福格等人提早了一個小時上船。

法克斯只能眼睜睜地看著福格帶著艾娥達夫人和僕人萬事通，搭了一條小船登上仰光號。他忍不住咒罵：「這個可恨的流氓！竟然敢如此揮金如土，兩千英鎊就這樣飛了也在所不惜！哼！你給我等著，就算你跑到天涯海角，我也抓得到你！可恨啊，他要是再這麼搞下去，錢很快就被他花光了！」

那筆贓款已經被福格揮霍了五千多英鎊了，到時候就算逮捕他，追回來也所剩不多，獎金也相對減少，一想到這裡，法克斯就恨得牙癢癢的，恨不得立刻將福格手到擒來。

可惜，他手上沒有拘票，而仰光號就快要開走了。

第16章 法克斯裝傻使計

萬一讓福格離開香港，不管他是到中國、日本、美洲，都會讓事情變得麻煩，那些地方福格不只更容易躲匿行跡，就算他拿到了拘票，也不能直接逮捕。

仰光號是一艘長期往返於中國和日本沿海的郵輪，雖然船行的速度和蒙古號差不多，但是船上的設備卻明顯有落差。像艾娥達夫人所住的艙房，就不如福格原先設想的舒適。幸好這一趟航程不過三千五多浬，預計十一、二天就能走完，更何況艾娥達也不是一位愛挑剔、難伺候的人，因此，船上的生活還算順遂。

有了幾天相處觀察下來，艾娥達終於對這一名英勇拯救她性命的紳士，有了更進一步的了解。對於她的衷心謝意，福格先生永遠是沉默地聽她說，既不謙讓，也不自誇，外表老是冷冰冰地不苟言笑，但卻又細心地爲她將一切事情都準備妥當。

每天，福格都會抽一點時間到艾娥達的艙房探訪她，並不是來找她聊天談心，但至少都會聽她說說話。福格先生謹守著一名紳士應有的得體分際，彬彬有禮卻始終保持一段距離，感覺上就像是一個特地爲此所設計標準範例的機器人。

對於福格先生，艾娥達不知該如何設想，但她已經聽萬事通提起過，他主人的怪異性格，也知道了是因爲賭注才有了這次的旅行。或許是感激之情使然，但艾娥達就是知道，她的救命恩人絕對不會輸的。

艾娥達向福格證實那名帕西人嚮導所言不虛，她確實是帕西人，而且是出身於其中相當有地位的家族。其中，有一位住在孟買的親戚詹姆斯．傑吉何伊靠著棉花生意而發了大財，更被英國政府授予過貴族爵士的封號。

她打算去香港投靠的親戚，就是這名傑吉何伊爵士的堂兄弟。

然而，艾娥達卻沒有把握，香港的親戚是否樂意接納她，給予她幫助。關於這一點，福格要她不用擔心，反正船到橋頭自然直，事事自然會有合理的安排。

這是福格的老話，姑且不論艾娥達是否能了解，但她始終眨著那有如喜瑪拉雅山聖湖湖水的大眼睛，含情脈脈地望著福格先生。可是，像福格這樣一位冷冰冰、規規矩矩的紳士，就是夠冷靜，完全沒有一頭栽入柔情湖水的衝動。

航行一路順暢，很快就駛過孟加拉灣和大安達曼島，旅客們並沒有看見傳說中吃人肉的巴布亞人，只有一望無際的美麗森林，棕樹、檳榔樹、肉豆蔻、竹子、柏木、大含羞草和桫欏樹，許多熱帶植物叢生在一起，形成了美麗的景致。森林的另一側則是秀麗的山壁，成群的海燕飛翔而過；這種海燕非常珍貴，牠們所做的窩，在中國被做成一道很有名的菜餚，稱之爲燕窩。

而後，仰光號便快速地朝麻六甲海峽駛去，這條海峽正是通往中國海域的重要門戶。

那麼這時候，那個法克斯在做些什麼呢？其實，他也上仰光號來了。那天仰光號正要駛離加爾各答的時候，他先向加爾各答的警局交代，一旦倫敦寄來的拘票寄到，就立刻幫他轉寄香港，而後就跟著跳上仰光號躲起來。

前幾天，他一直在船艙裡躲著，因爲他還沒想好萬一碰上了萬事通該怎麼解釋他也剛好在這艘船上。萬事通可還以爲他人在孟買呢！法克斯躲在艙房裡苦思解決辦法，因爲這艘船在新加坡只會停一段很短的時間，所以事情一定得到香港才能解決，香港也是英國的屬地，只要拘票一到就能夠立刻逮住福格歸案。

萬一讓福格離開香港，不管他是到中國、日本、美洲，都會讓事情變得麻煩，那些地方福格不只更容易躲匿行跡，就算他拿到了拘票，也不能直接逮捕，還要先和當地政府打交道，才能辦妥引渡手續，萬一讓福格這個可恨的傢伙趁此逃之夭夭，可就得不償失了。總之，非要在香港解決不可，決不能讓福格逍遙法外。

「對了，要是拘票到了香港，我就先把他抓住；要是還沒寄來，我就先拖住他的腳步。」法克斯自言自語地說著。

不過，他又害怕事情不順利：「可是我在孟買失敗了，在加爾各答又沒成功，要是這次再讓他逃了，那我豈不是丟臉丟大了嗎？得好好想想，到底用什麼方法才能讓他走不成？」

最後，法克斯決定了，非得從萬事通身上下手不可，乾脆先跟他挑明了，讓他明白他的主人究竟是個怎麼樣的壞蛋，再誘導他和自己合作。可是，這也是個危險的辦法，萬一萬事通不肯倒戈，反而在福格面前走漏風聲該怎麼辦呢？

法克斯不禁左右為難了起來。

後來，他想起時時陪在福格身邊的艾娥達夫人。那個女人到底是誰？是他們在途中偶然碰見的？還是福格早就和她約定好要在加爾各答碰面？那麼漂亮的女人為什麼會獨自一人和福格在一起？難道是誘拐良家婦女？

法克斯不禁眼睛一亮，又心生一線希望，他認為這個推論極有可能，而且可以好好地利用，看來福格想在香港脫身也不成了，這次任憑他拿再多錢出來也插翅難飛。

可是，這件事不能等到下船才動手，因為福格這個傢伙有一個很可惡的習慣，才剛從一艘船下來，就馬上跳上另一艘船，還沒佈置妥當他就遠走高飛了，這次得先下手為強才行。

於是，法克斯決定趁仰光號在新加坡暫停的時間，發電報通知香港的英國警局嚴密監視仰光號入港，絕不讓福格有一絲機會逃脫。可是，還得先去探探萬事通的口氣，想辦法多搜集一些資料，那個傻小子，隨便套幾句就什麼都說了。今天已經十月三十日，時間不多了，明天仰光號就會停靠新加坡。

說做就做，法克斯立刻穿戴整齊，離開他的艙房來到甲板上。

萬事通果然在那裡，法克斯假裝也很驚訝地走向他。

法克斯說：「嘿！你在坐仰光號啊！」

萬事通認出這位蒙古號上的旅伴，果然非常驚訝：「咦？法克斯先生，您也在這兒？我記得我在孟買把您丟下，怎麼又在這艘往香港的船把您找到了，難不成您也要環遊世界？」

法克斯有點不自在地清了清喉嚨：「不，我要到香港待個幾天。」

萬事通點了點頭，而後又揚起了眉：「奇怪？那之前我怎麼都沒看到您？」

法克斯支支吾吾地回答：「因為……說老實話，我這幾天不太舒服……有點暈船，所以一直在艙房裡躺著，孟加拉灣的浪可不得了啊。對了，你的主人還好嗎？」

「託您的福，他好極了，每天還是過得和他的行程表一樣準確，一天不差。法克斯先生，您大概還不知道這次可有一位年輕的女士和我們一起旅行了。」

法克斯假裝完全不知情的樣子說：「喔！是嗎？一位年輕女士？」

萬事通立刻滔滔不絕地將孟買到加爾各答之間所發生的事，全都告訴法克斯，還特別強調他在孟買闖了什麼禍、福格怎麼花了兩千英鎊買了頭大象，他們又怎麼在火葬場上救了艾娥達夫人，以及到了加爾各答怎麼交保脫困等等。他說得口沫橫飛，法克斯全都當成是第一次聽到的樣子，津津有味地聽著。

法克斯在萬事通停下來喘口氣時，插嘴問：「這麼說，你的主人是打算把這名女士帶到歐洲去囉？」

「不是的，法克斯先生，我們只是要將她送到香港的一名親戚家裡，她的親戚是一位香港富商。」

這麼說來不是誘拐事件囉，那可就沒辦法了！法克斯聽了差點難掩失望的情緒，他對萬事通說：「萬事通先生，不如咱們一起去喝杯杜松子酒吧！」

萬事通欣然同意：「好極了，能夠再仰光號上再碰見您，還能一起喝酒，這可是難得的機會啊！」

第17章 從新加坡到香港

福格自顧自地走著環遊世界的規矩路線，但是現在在他身旁出現了一顆「擾他」的星體，或許會讓這名英國紳士心中略起波瀾。

之後，法克斯就經常藉故和萬事通碰面閒聊，不過，他是個謹慎小心的人，絕不會多問不該問的事，以免啓人疑竇。期間他只看過福格一兩次，費雷斯·福格若不是一個人呆坐在大廳裡，就是陪艾娥達夫人在甲板上走走，再不然就找人玩惠斯特牌。

但是，對於法克斯竟又出現在仰光號上一事，到是在萬事通心裡烙了個疙瘩，爲什麼法克斯又會恰巧和他的主人搭同一艘船？這其中是否有什麼玄機？

坦白說，法克斯這個人，是讓人覺得有一點奇怪，先是在蘇伊士碰見他，爲人體面客氣，後來又在蒙古號上看見他，下了船他本來說要待在孟買，結果現在他又出現在仰光號上了。說是碰巧的話也未免太巧了！法克斯簡直就像是寸步不離地盯緊福格先生嘛！

如果他真的是在跟蹤福格先生的話，那麼，他又是誰派來的呢？有什麼目的呢？

萬事通敢以他最珍貴的那雙拖鞋打賭，等他們離開香港時，法克斯也一定會出現在他們要坐的那艘船上。

萬事通做了夢也想不到，他的主人是被人當成竊賊一樣盯梢，不過，他可想到了一個答案，一個合情合理的答案。

「沒錯，肯定是這樣的，他肯定就是那些改良俱樂部的老爺派來的眼線，想確定福格先生有沒有按照路線環繞世界，一定這樣的！想不到他就是被派來跟蹤我們的密探，這可真是看不起人，像福格先生這麼守信用、這麼誠實的人，還需要你們派人來盯梢嗎？哼，這些改良俱樂部的先生們，這次你們可失算啦！」

這麼一樣，萬事通也不禁得意了起來，好像自己也與有榮焉一般。他決定先替法克斯保守秘密，先不向福格先生透露，以免主人發現那些改良俱樂部的先生如此不相信他的人格，會傷到主人的自尊心。不過，他倒想藉這個事好好地逗逗法克斯。

十月三十日星期三下午，仰光號終於駛進了麻六甲海峽，沿途有著一連串地形峻秀的小火山島，讓旅客驚艷得忘了去欣賞蘇門答臘島上的風光。

第二天清晨四點鐘，仰光號比預定時間早了半天到達新加坡。當郵輪下錨加煤的時候，福格先生則把這多餘出來的半天時間，記錄在他行程表的「盈餘時間」欄位裡。

由於艾娥達夫人提議上岸走走，於是福格先生便陪她一起下了船。一直在暗處跟蹤的法克斯也跟著偷偷溜下船，完全不知道，在他後面看著他鬼鬼祟祟的行動而感到暗自好笑的萬事通，幾乎要笑痛了肚子。萬事通也跟著下船了，他得受命去採買東西。

新加坡是一座小島，外表看起來既不廣闊又不雄偉，雖然沒有高峻的山峰，倒顯得也小巧可愛，就好像是一座以美麗公路交織而成的花園。福格先生租了一輛漂亮的馬車，和艾娥達夫人一起在新加坡的街道小徑上兜兜風。沿途長滿了翠綠的棕櫚和丁香，丁香子這種著名的香料，就是從丁香樹含苞的花心製成的。還有一叢叢胡椒樹圍成的籬笆，散發香氣的豆蔻樹，加上茂密的椰子樹和大型羊齒點綴其中，一片熱帶風情的美景呈現眼前。

林中偶爾會有些猴影竄過，據說還有時會出現老虎的蹤跡出現。

或許你會訝異，在這麼小的島上也會有老虎？要是你問起，當地人就會告訴你，那些可怕的野獸是從麻六甲海峽游水過來的。

艾娥達開心地坐著馬車遊覽新加坡風光，但福格先生卻顯得有點心不在焉，於是約莫兩個小時候就回到了城裡。城裡和郊區有著截然不同的面貌，這裡蓋了許多高大的建築，城市的周圍還造了許多花園，裡頭種了芒果、鳳梨等各種美味的果樹。

大約到了十點鐘，他們才又回到船上休息。至於法克斯，不但莫名其妙地跟在後頭遊城，什麼也沒發現，還得自己付車資，簡直賠了夫人又折兵。

萬事通已經站在甲板上等他們了，他買了幾十個和蘋果一樣大的芒果，這種外皮呈深棕色，裡頭鮮紅的果肉入口即化的水果，好吃得不得了。萬事通立刻獻寶似地將芒果送給艾娥達夫人，得到艾娥達夫人親切的謝意。

十一點鐘，仰光號已經加好了煤，起錨離開新加坡，不過過了幾個小時，旅客已經看不到那些森林茂密、內藏猛虎的麻六甲高山了。

新加坡距離香港有一千三百浬，福格希望能夠在六天之內到達香港，這樣就能趕上十一月六日由香港開往日本橫濱的船。

天氣本來都很好，可是當半圓的月亮出現在東方時，竟颳起海風來了，海面上翻滾著巨浪，幸好風是由東南方吹來，反而有利於仰光號的航行。船長下令張帆，吃風前進，加上引擎的馬力，船速大大地提高。

雖然船速增加是件好事，但是顛簸的航程可就讓大部分的旅客受不了了，不只是浪濤起伏的原因，和仰光號本身設計不良也很有關係。如果船身吃水過深，船底進水過重，就有沈船危機。所以一旦遇到壞天氣得加倍小心，反而要放慢速度才行，否則翻船就不得了了。

萬事通抱怨個不停，從船長罵到大副、機師、公司，所有能罵的工作人員他都罵遍了，這幾天他特別浮躁不安，也許他是因爲想起了賽維勒街那個他忘了關上的瓦斯燈而感到心急如焚吧！福格先生倒是沒表現出任何煩惱的情緒，依舊穩如泰山。

有一天，法克斯問萬事通：「你們真的那麼急著要去香港嗎？」

「急得很呢！」

「怎麼？福格先生急著要去橫濱嗎？」

「可不是！簡直就是十萬火急。」

「這麼說，你相信他是真的要去環遊世界一周囉？」

「是啊，我絕對相信，那你呢？法克斯先生。」

「我？我可不信這個事兒。」

「少來了啦你！可真愛說笑。」萬事通狡黠地眨了眨眼睛。

法克斯不禁楞了一下，難道萬事通已經猜出他的身分來了嗎？難道他是在試探我嗎？不知怎麼的，法克斯竟因爲萬事通的一句話而惶惶不安起來。

另一天，萬事通藏不住話了，嬉皮笑臉的來到法克斯面前，故意語帶曖昧地說：「哎呀！法克斯先生，這一回到了香港您就真的不走了嗎？咱們不能再同路可真是遺憾啊！」

「這個……」法克斯很窘地說：「我也難說！也許……」

萬事通說：「啊！要是您還能跟我們同路，那可真是太幸運了呢。瞧，身爲東方半島公司的專員，您又怎麼能半路留下來呢，本來說只到孟買，可是現在馬上就要到中國了。反正美洲大陸已經不遠，從美洲到歐洲也是近在眼前！」

瞧萬事通說得滑稽，法克斯也不禁哈哈大笑起來。

萬事通還故意問他：「法克斯先生，您說您這種職業是不是有出息極了？」

法克斯已經冷靜下來了，回答說：「說大也不大，說小也不小，總之，你知道，我旅行用不著自己花錢囉！」

「是，是，是，我全明白！」萬事通又自顧自地大笑起來。

法克斯回到艙房之後，很確定自己的身分已經被人看穿，既然萬事通已經知道了，那麼福格呢？萬事通會不會就是福格的同謀？法克斯簡直煩得不知該如何是好。

最後，他決定，要是到了香港還沒有辦法逮捕福格，那就直接跟萬事通攤牌，如果他真是福格的同謀的話，那麼這事就沒戲唱了，一切都完了；但要是他與竊盜案無涉的話，那麼他肯定會棄暗投明，助警方一臂之力。打定了主意，法克斯也就不再心煩。

法克斯和萬事通兩人心中各有主意，就好像兩顆行星同時受到福格這顆高懸的恆星牽引般，而相互影響著。

至於福格則自顧自地走著他環遊世界的規矩路線，逕自運轉著。但是現在在他身旁出現了一顆被天文學家稱之為「擾他」的星體，或許會讓這名英國紳士心中略起波瀾。

照理說是如此，但是艾娥達夫人的美麗卻絲毫沒有對福格先生發生影響，這一點倒是讓萬事通感到非常奇怪。不過，如果真的擾亂了他的心，恐怕要比天王星的星辰錯亂現象還要難以發覺吧（**天文學家依據天王星的星辰錯亂現象而發現了海王星**）。

萬事通始終想不透，為什麼自己的主人絲毫感受不到美麗年輕的艾娥達夫人眼中所流露的情意，總是自顧自地盡著照顧責任似的。看來，他的主人雖然有一顆英勇救人之心，卻沒有一顆愛人解人之心，所以旅途中所發生的一切，彷彿都不能對他造成影響。

萬事通心神不定地趴在船尾看著螺旋推進器轉動，突然船身劇烈地顛了一下，而後推進器就整個露出水面，在空中空轉，蒸氣活塞發出了劈啪作響的聲音。

他忍不住又破口大罵：「這該死的英國船，又在空轉了！要是美國人就會把這條老牛拖破車的爛船給炸了了事，才不會讓它在這裡給我們拖時間！」

第18章 惱人的暴風雨

在這場惱人的暴風雨之中，他忍不住大聲咒罵，狂風使他發瘋，暴雨令他發怒，他真想拿根鞭子痛揍這可惡的海一頓。

航程的最後幾天，天氣益發惡劣，不但颳起了西北風，嚴重阻礙船隻前進，船身也更加不穩定，顛簸得特別厲害，也難怪旅客們紛紛怨聲載道了。

十一月三日和四日，海上竟起了暴風雨，狂風巨浪迎面而來，仰光號只好收起大帆，減慢推進器的速度，側著船身破浪前進。船速明顯受到影響，很可能沒辦法準時抵達香港，如果情況再繼續惡化下去，說不定會延誤二十個小時以上。

但福格面對眼前波濤洶湧的大海，卻絲毫沒有懼色，也不覺有任何煩惱，甚至連眉頭也不皺一下。當艾娥達對他談到關於壞天氣一事時，他仍舊以驚人的平靜應對，就好像如此惡劣的海象，對他的行程絲毫沒有影響似的。無論如何，他就這麼一個喜怒不形於色的人，好像一塊木頭，什麼情緒都沒有。

至於警探法克斯則巴不得這場暴風不停的吹下去，若是能逼迫仰光號不得不到什麼地方避風最好。總之，只要能耽擱福格的行程就夠了，暈點船又有什麼關係，就算嘔吐他也不在乎；所以儘管他身體百般不適，但精神卻比任何時候都來得亢奮。

可想而知，在這場惱人的暴風雨之中，萬事通心中的憤怒將會達到什麼樣的程度。打從出發以來，事情一直都蠻順利的，陸地、海洋、火車、輪船好像全都聽候主人差遣，連海風、蒸氣都不敢跟主人做對，難道現在好運全都用完了嗎？他們被楣運追上了嗎？萬事通覺得那兩萬英鎊的賭注，好像就要從自己的口袋裡掉出來一樣，令他心痛如絞，痛苦至極。他忍不住大聲咒罵，狂風使他發瘋，暴雨令他發怒，他真想拿根鞭子痛揍這可惡的海一頓。

還好，法克斯在他面前，一直很小心地掩飾著自己內心的興奮，否則萬事通準教他吃不了兜著走。

自從海上颳起了暴風雨，萬事通就一刻也坐不住，一個人跑到甲板上，還不時地爬上桅桿，東問西問，什麼事都想插上一手，讓船長、船員們不覺好氣又好笑。

他抓著大副問，這場可恨的暴風雨到底什麼時候才會停？大副回答他，如果晴雨錶的水銀柱上升，天氣就會放晴。

結果，他立刻興沖沖地跑去看，可是無論他又抓又搖的，水銀柱就是不上升，即使他痛罵晴雨錶幾次都沒用。

十一月四日，海上的風浪終於平息了，天氣漸漸轉晴，萬事通的心情也變得晴朗。仰光號重新張起了大小桅帆，船速也恢復原本的速度，可惜耗費的時間，永遠無法追回了，只能想辦法看能不能盡早到達香港了。

原本在費雷斯．福格的旅程表上寫著，仰光號應於五日早上抵達香港，但現在最快也要到六日凌晨六點鐘才有可能看到陸地，也就是說福格已整整遲到了二十四個小時，開往橫濱的船肯定已經開走了。

到了六點鐘，香港的引水員登上了仰光號，準備引領仰光號直達香港碼頭。萬事通來到引水員身邊，很想問問他那艘預定開往橫濱的船到底開走了沒有，可是他又害怕一問就希望破滅，所以有點左右爲難。

法克斯心裡暗暗高興，表面上還裝出一臉遺憾，安慰萬事通說：「放心吧！反正福格先生搭下一班船還是到得了橫濱的。」

但是萬事通一點也不領情，反而因爲法克斯這句話而大發雷霆。倒是福格翻閱了布雷蕭的交通指南之後，大步走到引水員身邊，請教他何時會有船開往橫濱。

引水員回答：「明天早上漲潮。」

「喔！」雖然福格先生出了聲，卻一點也看不出他臉上有驚訝的表情。

萬事通聽了簡直想衝上去擁抱那個引水員，但法克斯卻恨不得立刻掐死他充數。

福格又問：「是哪一艘船呢？」

引水員說：「卡那提克號。」

「這艘船不是應該昨天就開走了嗎？」福格先生提出他的疑問。

「本來是這樣沒錯，但是因爲船上有個鍋爐壞了需要修理，所以就延誤了。」

福格聽了引水員的說明，道了聲謝後，就回到大廳去了。

萬事通衝上去雙手抓住引水員的大，大力地搖了搖說：「真是太好了，引水員，你真是個大好人！」而後便追著主人的腳步去了。

那名引水員大概想不透，爲什麼才不過說了這幾句話，就能得到這麼熱情的回應。

在引水員的引導之下，十一月六日下午一點鐘，仰光號穿過海面上的各種大小船隻，順利地停泊在香港維多利亞港的碼頭。

沒錯，不一定所有的意外都是不好的，至少，這次卡那提克號的延誤，明顯地對福格有利，原本若是卡那提克號準時於十一月五日出發，那麼沒搭上船的旅客，就只好等到八天後才有船到橫濱。

雖然福格遲到了一天的時間，但他幸運地還不至於嚴重影響到他的下一段旅程。

由於橫濱出發橫渡太平洋的船，主要是爲了接駁由香港來的旅客，所以香港的船一延誤，橫濱那艘船的出發時間也必定會跟著延後二十四小時。也就是說，之後的旅程全部都會後延二十四小時的時間。然而，只有短短的二十四小時，對於整趟旅程來說，並不會有太大影響，因爲在橫渡太平洋約二十二天的航程之中，只要風向等等一切順利，很容易就把二十四個小時補回來了。

自從福格由倫敦出發，至今已花費了三十五天，原則上，除了這意外的二十四小時之外，其他的行程，幾乎都按照原定的計劃完成。

既然卡那提克號要到明天早上五點鐘才會出發，福格便決定先帶艾娥達夫人到飯店休息，再去替她尋找親戚。

於是，福格在碼頭上僱了一頂雙人轎，由轎夫帶領他們到城內最好的旅館去。萬事通則跟在轎子後頭，約莫二十分鐘左右，他們便抵達了一家俱樂部飯店。

福格先爲艾娥達訂了一間房，命人爲她準備所有需要的用品，而後便出發去找富商傑吉先生。他同時還交代萬事通不得離開飯店半步，以免艾娥達夫人沒人照應。

福格問明了路，來到交易所。他想，即然傑吉先生是有名的富商，那麼交易所裡肯定有人會認識他。果然，他問到一個認識這名帕西富商的經紀人，但是得到的消息相當令人失望，因爲傑吉或許是賺夠了錢，好像舉家搬到歐洲，已經離開香港兩年了。

福格不得不將這個消息告訴可憐無依的艾娥達，他們得想想接下來該怎麼辦才好。

艾娥達聽了，剛開始不言不語，彷若被現實給擊中，不能動彈；過了一會兒，她才摸了摸額頭，有點不知所措地說：「福格先生，您說，那我現在該怎麼辦？」

「很簡單，跟我們一起到歐洲去。」福格倒是一點也不猶豫。

「可是……我擔心會妨礙到您……」艾娥達顯得有點不安。

「一點也不妨礙，有您同行，對我的計劃一點也無妨。」福格一邊安慰她，一邊回頭出聲叫來萬事通。

「萬事通，快去卡那提克號訂三個艙位。」

萬事通立刻出發往碼頭走去。他很高興能繼續和艾娥達夫人一同旅行，畢竟她是一位人很好的夫人。

第19章 醉倒在香港的鴉片館

那些唯利是圖的英國商人，每年光靠賣這些害人的「鴉片」，就能賺進一百四十萬英鎊，簡直就是利用人類卑賤可悲的弱點所賺來的骯髒錢。

香港本來只是珠江口的一座小島，自從一八四二年鴉片戰爭之後，英國與中國簽定南京條約，香港便成了英國的殖民屬地了。目前香港已是一座現代化的大城市，而維多利亞港更是中國大部分商品出口的通商港口。城市裡有船塢、醫院、碼頭、倉庫等等，還有一座哥德式的大教堂，以及富麗堂皇的總督府，到處都是鋪滿碎石的馬路，看起來就像是將英國肯特郡或薩里郡的城市直接搬到中國來似的。

萬事通雙手插在口袋裡，悠閒自在地走向維多利亞港，沿途欣賞著中國特有的轎子和篷車，街道上有成群的中國人、日本人和各國歐洲人來來往往地，看起來非常忙碌。坦白說，萬事通覺得他這趟旅途沿路所經過的城市看起來都差不多，不管是孟買、加爾各答、新加坡，或是現在的香港都一樣，看起來就像是某些英國城市的翻版，感覺上好像環繞地球的一串由英國城市串連而成的珠鍊。維多利亞港上停滿了英國的、法國的、美國的、荷蘭的、中國的、日本的各式船隻，好不熱鬧。其中，有一種名叫「花船」的船最爲特別，看起來就像是漂浮在水面上的花壇，相當好看。

萬事通發現街上有一些年紀很大的老人，會穿著黃顏色的衣服，和一般中國人常見的衣著顏色頗爲不同，讓他感到很好奇。直到萬事通跑進了一家理髮店，打算開開葷，讓中國理髮師傅幫他刮臉，才知道原來那些人都是八十歲以上的耆老，在中國得要到這樣的高齡才能穿黃顏色的衣服，因爲黃色是皇帝的顏色。萬事通雖然不明白爲什麼要這樣規定，但他還覺得蠻有趣的。

刮了臉，一身清爽，他來到了卡那提克號所停靠的碼頭，在那裡他看到了那位一直很有緣份的朋友——法克斯。他笑嘻嘻地朝法克斯走去，對於法克斯臉上那抹失望懊惱的表情，不禁感到好笑，暗想那些改良俱樂部的老爺先生們，現在一定傷透腦筋了！但他又不免覺得自己這麼想不免有點太殘酷了。

他面帶笑容地向法克斯打招呼：「嘿，您好啊！法克斯先生。」

法克斯高興不起來，因爲他才剛到警局去了一趟，想不到竟然還是沒有收到拘票。照理說，拘票一定是跟在他身後不遠的地方，要是能在香港多待上幾天就好了。香港是這趟旅途中最後一個英國屬地，要是不能在這裡逮捕的話，福格就要帶著錢遠走高飛了。

萬事通問：「法克斯先生，那麼您是決定要跟我們一起到美洲去囉！」

法克斯咬著牙說：「是啊！」

萬事通哈哈大笑地搭著他的肩膀說：「哈！那我們一起去訂船票吧！我就知道您是不會和我們分手的。」

他們一起在售票處訂了四個艙位，售票員提醒他們卡那提克號已經修好了，所以決定提前在今天晚上八點鐘出發。

萬事通高興地說：「那太好了，正順我主人的意，我這就去通知他這個好消息。」

這麼一來，逼得法克斯不得不使出最後一招，他決定向萬事通說明一切，藉他的手拖住費雷斯．福格的腳步。於是，法克斯提議兩人一起去喝一杯，而萬事通看天色還早，便放心地接受邀約。

他們一起來到碼頭對面的一家看來頗吸引人的酒店，果其不然，裡面裝飾得相當華麗，光是大廳看起來就美輪美奐。內側的牆邊，擺放了一張大板床，上頭鋪著一層柔軟的墊子，躺了好幾個人在上面。此外，還有大約三十幾個人坐在藤椅上，有人在喝酒，也有人在吸著長桿煙管。有些人不知是喝多了還是吸多了，竟昏了過去，於是被伙計給拖到板床上頭，一個個狼狽不堪的模樣，令人感覺相當噁心。

法克斯和萬事通終於明白，這家店不只是間酒店，還是家大煙館，那些東倒西歪的傢伙，全是一個個煙鬼。那些唯利是圖的英國商人，每年光靠賣這些害人的「鴉片」，就能賺進一百四十萬英鎊，簡直就是利用人類卑賤可悲的弱點所賺來的骯髒錢。

儘管中國政府幾次想力圖振作，以嚴刑峻罰來遏止這種惡習，但是沒有什麼成效。英國人先免費提供富有階級免費吸鴉片，等他們上癮了，就不得不自掏腰包來買，現在連一般平民也到處都有人在吸鴉片，像這樣的煙館，香港到處都是。有的煙癮大的人竟能一天吸上八筒煙，否則就會疼痛難耐；不過這樣的人也很快就會命喪黃泉，一般最多活不過五年。

萬事通接受法克斯的美意，點了兩瓶紅酒，兩人便開懷暢飲起來了。不過，萬事通沒發現，法克斯喝酒時其實相當節制，小心不讓自己醉倒。兩瓶酒喝完，萬事通已有點醉意了，他站起來決定回飯店通知主人，提早發船的事。

但法克斯一把拖住他，表示有事要和他談。

萬事通一口乾掉剩下的幾滴酒，大聲地說：「談話，可以，不過得等我先回去再說，咱們明天再談吧，我趕時間呢！」

法克斯連忙再拉住他，說：「別走，是和你的主人有關的事。」

萬事通聽了停下腳步，他發現法克斯的神情有異，於是他又坐回原位。

他說：「你想說什麼？」

法克斯壓低了聲音：「你猜出我是誰了嗎？」

萬事通笑了：「那還用說！」

法克斯彷彿吃了秤鉈似地說：「好吧，那我把全部的事情告訴你。」

「不用啦，我早就全部都知道了，我來告訴你好了，那些老爺們的錢白花了！」

法克斯不禁楞了一下，說：「什麼白花了？你說什麼啊？我就知道你不明白，那是一筆多大的數目啊！」

萬事通說：「誰說的，我就是知道，一共兩萬英鎊。」

「什麼兩萬英鎊，是五萬五千英鎊！」法克斯抓著萬事通大叫。

「什麼？五萬五千英鎊！想不到福格先生，竟拿這麼多錢……」這下子輪到萬事通大叫，他連忙站起來說，「這下子不能再在這裡耽擱了！」

可是法克斯又再次將他拉住，也再叫了一瓶白蘭地，說：「五萬五千英鎊！如果我這件事情辦成了，我就能得到兩千英鎊的獎金，只要你幫我，我就分你五百英鎊，怎麼樣？」

萬事通瞪大了眼睛，大叫：「要我幫你的忙？」

「沒錯，你幫我拖住福格先生，讓他在香港多待幾天。」

「這可真是不得了，想不到那些老爺們非但不把我家主人當作正人君子，要你來盯他的梢，現在竟然還想要我幫你阻擾主人的行程，可真是丟臉啊，難道他們不覺得難為情嗎？」

「你這話究竟是什麼意思？」現在換法克斯丈二金剛摸不著頭腦了。

「是，我是說得難聽了點，但他們未免也太不光明正大了，這跟搶福格先生的錢有什麼兩樣?那幾乎是他全部的財產耶!」

「我們就是要這麼做。」法克斯一邊說一邊敬酒,不知不覺萬事通又喝下了大半瓶酒。

「真是太可恨了!這簡直就是陰謀,虧他們還說是福格先生的朋友呢!」被酒氣一激,萬事通氣憤更盛,顧不得場合,開始大吼大叫!

法克斯覺得他是不是喝醉了,怎麼有一點文不對題的感覺。

萬事通還在吼叫:「法克斯先生,我告訴您,那些人還說是什麼改良俱樂部的人呢?朋友?真是丟臉!法克斯先生,您要知道,我的主人可是最正派的人呢,他要是說要和人打賭,就是規規矩矩地打賭,規規矩矩地贏。」

法克斯舉起手來要他先停一停:「等……等一下,你到底以爲我是誰啊?」他兩隻眼睛瞪著萬事通。

萬事通說:「不就是那些改良俱樂部的老爺們派來的密探,暗中監視我家主人是否有依計劃環遊世界?他們可真是丟人,雖然我早就看穿你的計謀,可是我一點也沒向福格先生提起呢!」

法克斯激動地說:「這麼說他一點都不知道。」

「沒錯,半點也不知道。」萬事通說著說著又喝了一杯。

法克斯都給萬事通弄糊塗了,不過,看起來萬事通並不像是假裝的,他是真的沒搞清楚狀況，而且應該也不是福格的同謀。這樣的話，他肯定會助自己一臂之力的。

於是，法克斯直接了當地對萬事通說：「你聽我說，你誤會了，我並不是改良俱樂部的會員派來的探子……」

「噗！」萬事通好笑地看了他一眼，一個字也不相信。

「真的，我是英國警政廳的警探，接受倫敦警局的任務……」

「警探？……」萬事通放下了酒杯。

「沒錯，不信我給你看證件，喏，你看這就是我的出差證明。」法克斯從皮夾裡拿出一張證件給萬事通看，上頭果然有警政總局局長簽署的公差證明。

萬事通好像一下子酒全給嚇醒了，兩眼直瞪著法克斯，一句話也說不出來。

法克斯說：「福格先生說什麼打賭的事，全是騙人的幌子，你們大家都被人他騙了，尤其是你，因爲他還需要你的服務。」

「可是……」萬事通只能嘟囔出聲音。

「你聽我說，九月二十八日那一天，英國國家銀行被人偷走五萬五千英鎊，而那個歹徒的相貌已經被查出來了，你瞧，是不是和福格先生一模一樣？」法克斯將歹徒特徵說明拿給萬事通看。

可是，萬事通一把將他推開，大手用力地捶著桌子，說：「去你的！我的主人可是世界上最正派的人。」

「正派的人？你怎麼可能知道他是不是正派的人？你根本不認識他！他要出發當天，你才開始為他工作，他隨便找了個藉口就離開倫敦，連行李都不帶，只帶了錢，這樣算是正派的人嗎？」

「我敢擔保，我就是敢擔保！」萬事通雖然心底有點慌亂，但是仍不肯相信福格先生會是壞人。

「那麼你就是願意被當成同謀一起被逮捕囉！」法克斯毫不留情地威脅著他。

萬事通覺得頭疼欲裂，眼前的狀況完全出乎他的意料，他的臉色大變，低著頭不敢法克斯。他不願意相信，福格先生，一位英勇前去拯救艾娥達夫人的紳士，一個仁慈又勇敢的人，如何會是個竊賊呢？但是法克斯所言鑿鑿，又不像是胡謅的。無論如何，他還是不願意相信自己的主人會做出這種事。

「你說吧！你到底想要我怎麼樣？」萬事通終於鼓起勇氣面對法克斯。

「我一定要在香港逮捕福格，可是我還沒有收到倫敦寄來的拘票，所以，我需要你幫忙讓他留在香港……」

「你是說要我……」

「我可以和你平分那兩千英鎊的獎金。」

「辦不到！」萬事通氣憤地大叫，他想要站起來揮袖離去，可是竟渾身使不出半點力氣，而且視線也覺得朦朧恍惚。但他還是努力保持清醒地說：「法克斯先生……即使您剛才所說的都是真的……即使福格先生真的就是你所要抓的那個賊……我也絕不相信，身爲他的僕人……我知道他是個好人，是個正人君子，你要我出賣他，這是我絕對做不到的事，即使你把全世界的金子都給我也一樣……」

「這麼說，你是拒絕囉！」

「沒錯，我死也不做。」

「那好吧，就當我沒說，我們繼續喝酒。」法克斯不再咄咄逼人，他的心裡另有打算。

萬事通在法克斯頻頻勸酒下，喝得越來越醉了，法克斯一不做，二不休，拿來桌上一支裝好鴉片的煙槍，塞到萬事通的手中。酒醉迷糊的萬事通竟不自覺地吸了幾口，酒氣加上煙薰，很快地就趴在桌上不醒人事了。

法克斯冷哼了一聲：「這麼一來，就沒人去通知福格提早開船的事，就算他真的走得了的話，也帶不走這個昏死的法國人了。」

他付過了錢，便邁步離開煙館。

第20章 決定冒險航向上海

福格先和艾娥達夫人在甲板上做最後一次的凝望，希望能看到萬事通的身影。可是他們不得不失望了，那名忠誠的僕人始終沒有出現。

當法克斯正忙著在酒館裡說服萬事通時，福格正陪伴著艾娥達夫人在英僑居住的大街上散步。自從艾娥達決定和福格一起到歐洲去，他便細心地爲她準備了各種旅途上所會需要的東西，因爲他知道，像他這樣的男人可以提個旅行袋就出門，但對一名高貴的女士來說，可就不能這麼草率了事了。首先就得爲她準備好各種旅途上需要的衣物行裝。

雖然艾娥達百般推辭，不願意福格破費，但福格總以「這是我早就打算要買的」一句話帶過，帶著艾娥達在街上購物。

等到東西全買齊了，他們才返回飯店，享受一頓豐盛美味的晚餐。飯後，艾娥達夫人以完美的英式禮儀挽著救命恩人的手，回到自己的房間休息。而後這名可敬尊貴的紳士，便整個晚上都待在大廳裡專心地閱讀《泰晤士報》和《倫敦新聞畫報》。假如福格先生是一名個性多疑的人，那麼他一定會覺得奇怪，怎麼到了睡覺時間，他的僕人還不見蹤影。但是由於福格先生認爲自己到第二天早上八點以前都不需要離開飯店，所以他也就自顧自地去睡了。

第二天一早，福格打鈴叫人，可是萬事通一直沒出現。當他發現自己的僕人一夜未歸時，沒人知道他心裡是怎麼想的，只知道他拿了旅行袋，先差人去通知艾娥達夫人，又要人幫他僱來一頂轎子。由於已經八點鐘了，距離原本九點半滿潮出發的時間，已經所剩不多了。福格先生先讓飯店人員幫他將行李搬上人力車，然後他自己扶著艾娥達坐上轎子，以最快的速度，前往碼頭。

來到了碼頭，福格先生才得知卡那提號已於昨天晚上開走了，而且萬事通也不在碼頭上等他們。艾娥達露出焦急擔心的表情，但福格仍冷靜地對她說：「只是個意外罷了，夫人，沒什麼，別放在心上。」沒人猜得出他心裡究竟是如何作想。

他們站在碼頭上看著海上許多船員忙碌不停的船隻，此時，有一個人向他們走來。此人正是警探法克斯。

法克斯向福格行了個禮，面露笑容地打招呼，說道：「您不就是昨天和我一同搭仰光號來的客人嗎？」

「我們是搭仰光號來的，您是……」福格的語氣一點也不熱絡。

「喔！不好意思打擾您了，我本來想說能在這裡碰見您的僕人。」

艾娥達夫人聽他提起萬事通，連忙問：「先生，您知道他現在人在何處嗎？」

法克斯狀似吃驚地說：「怎麼？難道他沒跟你們在一塊嗎？」

艾娥達夫人說：「沒有，從昨天晚上就沒看到他人了，難道他會自己先上船去了嗎？」

「他會不等你們就先走嗎？夫人，請容許我問一句，你們原本打算搭這艘船走的嗎？」

「是的，先生。」

「我也是，唉！夫人，您看我這下可真被整得狼狽極了，那艘卡那提克號竟然修好了船就自顧自地開走了，誰也沒通知就提早了十二個小時出發，現在要去日本，可得再等上八天才有船呢。」

當法克斯說出「八天」的時候，他的心簡直就雀躍得快跳了起來。八天就夠了，用這八天來等待拘票可是綽綽有餘了，看來輪到他走好運了。

可是，費雷斯·福格一點也沒有驚慌之意，一句話就給了法克斯當頭一盆冷水。他說：「我認爲除了卡那提克號，港口上還有很多船。」

他說完便讓艾娥達扶著自己的手臂，沿著船塢尋找其他即將出發的輪船。法克斯無話可說，只能眼睜睜地看著他們二人走過，然後像是被一根絲線牽引似的，跟在他們後面。

福格帶著艾娥達在碼頭上找了三個小時，可是每一艘船不是正在卸貨，就是正在上貨，沒有一艘船有空的。就算他想租一艘船直達橫濱也沒辦法。見到這樣的情況，內心高興的恐怕就只有法克斯吧！

不過，福格連一絲不耐煩都沒有顯露出來，臨危不亂地繼續找船，他打算真要一艘船也沒有的話，就到澳門去找。

這時，迎面來了一個水手。

那名水手脫了帽向福格行禮，「先生，您在找船嗎？」

「是的，有船要開嗎？」福格問。

「恰好有一艘，在四十三號水道，是我們船隊裡最好的一艘。」

「航速如何？夠快嗎？」

「每小時可以跑八、九浬，您要看看嗎？」

「好。」福格點頭答應。

水手又說：「放心，您一定會滿意的，您是要到海上兜風嗎？」

「不，我要坐船旅行。」

「旅行？」

「那艘船能送我們到橫濱嗎？」

「先生，您可是在開玩笑？」水手不可置信地睜大了眼。

「不，不是玩笑，我原本要搭卡那提號，但是船先開走了，我一定要在十四日以前到達橫濱，才能趕上開往舊金山的船。」福格一本正經地回答。

水手的肩膀垂了下來，表情顯得有點失望，說：「這可就沒辦法了。」

「我每天付一百英鎊，如果能按時趕到，再多付兩百英鎊賞金。」

「真的？」這樣大手筆，可是見都沒見過呢！

「真的。」福格肯定的說。

水手露出了猶豫之色，彷彿在金錢與冒險之間難以抉擇。至於法克斯則在心裡吊了十五個水桶，七上八下的。

福格轉身詢問艾娥達：「夫人，您會害怕嗎？」

但艾娥達夫人堅定地回答：「不，只要跟您在一起，我什麼都不怕。」

水手終於下了決定似地走近福格身邊。

福格問：「如何，成交嗎？」

「先生，您的賞金很誘人，但是我不能拿我的船員和您的性命去冒這個險。到橫濱太遠了，我的船只有二十噸，加上海上的風向不對，時間絕對趕不上的，您知道從香港到橫濱足足有一千六百五十浬！」

福格說：「只有一千六百浬。」

「反正都一樣，太遠，也太危險了。」聽到水手的話，法克斯好不容易鬆了一口氣。想不到水手竟接著說，「不過，也不是完全沒辦法。」

法克斯的心幾乎提到了喉嚨。

福格問：「什麼辦法？」

水手說：「改到長崎，只有一千一百浬，或是到上海，只有八百浬，到上海划算些，順風又安全。」

福格顯然不同意這個方法，說道：「可是，我是要去搭橫濱開出的船，不是要去長崎，也不是要去上海。」

水手說：「爲什麼不呢？開往舊金山的船就是由上海出發，長崎和橫濱都是中途的停靠站而已。」

「您確定嗎？」福格再問。

「當然有把握！」水手拍著胸脯回答。

「那麼去舊金山的船什麼時候離開上海？」

「最近一班是十一日下午七點鐘，我們還有四天的時間，四天就是九十六個小時，每小時走八浬，只要東南風不變的話，我們肯定能如期趕到。」

「那好，你什麼時候能開船？」

「大約一個小時內就能準備好。」

「您就是船主嗎？」

「沒錯，我叫約翰．班斯比，也就是唐卡德爾號的船主。」

「那我們一言爲定，你要我先付訂金嗎？」

「如果你願意的話……」

「好，這裡是兩百英鎊，對了！」福格轉過身來對法克斯說，「先生，如果您也願意搭這艘船的話……」

法克斯立刻說：「願意，我正想請你幫這個忙呢！」

「好，那我們半個鐘頭後上船。」福格將鈔票交給船主。

艾娥達夫人說：「那萬事通呢？」她很擔心這個失蹤的年輕人。

福格挽起她的手說：「放心，我會安排好一切的。」

福格帶著艾娥達到了當地的警察局，將萬事通的形貌特徵告訴警察，請他們留意，同時留下了一大筆足夠他返回國門的旅費，以備不時之需。他們也到法國領事館辦了同樣的手續，而後才回到碼頭上來。

下午三點整，四十三號水道的人員已經到齊，唐卡德爾號隨時都可以準備出發。這是一艘很漂亮的機帆船，重達二十噸，尖尖的船頭，看起來行動很俐落，吃水夠深，就像一艘競賽用的遊艇，船上的銅具擦得光亮，連鐵器都電鍍了一層防鏽漆。甲板乾淨整潔，證明了船主相當會保養他的船。船上有三副大帆，看來順風的時候，只要好好利用這船上的裝備，就能夠發揮很好的速度。

除了船長之外，一共有四名船員同行，他們都是對附近海域相當熟悉的經驗老手。船長班斯比，是一名四十五歲上下的中年人，皮膚被日曬成深棕色，結實的體魄，看起來相當可靠的樣子，頗令人信賴。

福格和艾娥達上船的時候，法克斯已經在船上了。船艙雖然不大，卻整理得相當乾淨。福格對法克斯說：「很抱歉，我不能爲您準備一個更舒服的地方。」

法克斯只是恭敬地點了點頭，沒有多說什麼。可想而知，他是要逮捕福格的人，卻意外在此受人款待，心裡自然是不太舒服。

他不禁在心裡說：「這個歹徒倒是挺有禮貌的，可是流氓終歸是流氓。」

下午三點十分，唐卡德爾號迎風張起了大帆，吹起了出發的號角，升起了英國的旗幟，福格先和艾娥達夫人在甲板上做最後一次的凝望，希望能看到萬事通的身影。可是，他們不得不失望了，那名忠誠的僕人始終沒有出現。

法克斯很怕萬事通在最後一刻出現壞了他的事，但幸好那個法國人並沒有出現，說不定還醉倒在那個煙館裡呢！鼓漲了滿滿的風帆，唐卡德爾號整裝完備，駛離維多利亞港，朝向一望無際的大海航去。

第21章 台灣海峽的颱風

台灣海峽的水流非常湍急，到處都有可怕的漩渦，很快地海面上就起了劇烈的變化，東南方出現了滾滾巨浪，沒錯！暴風雨就要來了。

要一艘不過二十噸重的小艇在十一月這個秋冬之交的時期，遠航八百浬，果然是一個幾乎不可能達成的任務。在中國沿海一帶，春分和秋分之際，經常會遇上壞天氣，海面上經常會颳起劇烈的海風，阻礙船隻前進。

如果船主答應直接送福格等人前往橫濱，那麼他毫無疑問可以賺到更多錢，畢竟福格先生已經同意以每天一百英鎊的代價支付。但是，如此高的報酬，相對的也代表了相當大的風險，光是此行要到上海去，就已經是一趟危險的航程了。

不過，船主班斯比本身對自己的船可是很有信心的，唐卡德爾號就像一隻輕盈的海鷗，在海浪裡穿梭飛馳。當天傍晚，唐卡德爾號就已經越過了香港附近詭譎多變的海域，加足馬力，乘著不斷吹送而來的東南風，向北航馳。

福格站在船頭對船主說：「越快越好，船主，我想不需要我再多加催促了。」

班斯比點頭回答：「先生，您放心好了，所有能用的帆都用上了，若是要強將那些頂帆裝上，反倒會減低目前的航速。」

福格說：「這是您的專業，我自然是相信您的決定。」

費雷斯．福格像一名粗獷的水手般，雙腳分立穩穩地站在甲板上，目不轉睛地盯著前方波濤洶湧的浪潮；艾娥達夫人則坐在船尾，漫不經心地凝視著蒼茫暮色下的廣闊海洋，看起來彷彿有著什麼心事，若有所思的模樣。

雪白的帆面，猶如巨大的白色翅膀，隨著風，唐卡德爾號就乘著海風在海面上飛翔一般。天色漸漸暗了下來，東方飄來的烏雲，將原本光暈暗淡的半圓形月亮遮去了一大半，連帶地覆蓋了一大片秋夜的天空。

船主點起了信號燈，以免往返的船隻沒發現來船，而發生碰撞意外；唐卡德爾號的船速太快，萬一不小心被擦撞到了，可是會粉身碎骨的。

法克斯來到了船頭，儘量離福格遠些，反正他們三句也聊不上天，再說他也得好好地想想接下來自己該怎麼辦。

法克斯已經完全明白福格肯定不會在橫濱久待，也就是說，他一下船就會立刻跳上開往舊金山的船，逃往美洲大陸；那麼大的地方，福格一定容易逍遙法外了。在他看來，福格心裡一定是這麼打算的，一定本來就想逃到美洲去，雖然他本來可以直接由英國搭船到美洲，但是往亞洲走兜了一個大圈，爲的就是要避過英國警探的眼線，好順利逃到美洲去安心享受他偷來的贓款。

那麼，法克斯將就此放棄嗎？到了美國，就讓這個傢伙輕易溜走嗎？不，絕不，他還是決心要將福格這個惡賊逮捕，現在萬事通已經不在他身邊礙事，他一定要好好地利用這個機會堅持到底。

費雷斯．福格先生並非完全沒將萬事通放在心上，他幾番思量，認爲他的僕人應該是以爲他們已經上了船，而誤上了快要開的卡那提克號，所以他們說不定會在橫濱再度相遇。艾娥達夫人也是這麼想，萬事通失蹤的事令她感到相當難過，因爲她相當感激這名曾經英勇救他的忠僕，她期望真的能在橫濱見到萬事通。

夜裡十點鐘的時候，海面風勢漸漸加強了。船主有點擔心是否要將帆收小一點，但他衡量唐卡德爾號航行的狀況，吃水量夠深、大帆張力充足，還是決定張著大帆繼續前進。

半夜十二點，乘客們都回到船艙裡休息了，而船主和船員們，則仍在甲板上警戒待命。

第二天，十一月八日，當東方的旭日升起時，唐卡德爾號已經駛出了近一百浬的距離。測速器指出這艘船的平均航速爲八浬到九浬，完全按照他們原定的計劃前進，照目前的狀況看來，他們一定能準時在預定的時間內抵達上海，趕上那班開往舊金山的船。

令人值得高興的是，乘客們已經漸漸習慣了船隻的擺動，不再會暈船了，大家將準備好的乾糧拿出來填飽肚子。

法克斯也接受福格和艾娥達遞來的食物，畢竟人終究得要吃飯，但他卻覺得非常窩囊，一點也高興不起來。想想自己現在的情況，竟然接受一個騙子、一個可惡的歹徒招待，不但沒出船資，還白吃人家東西，真是窩囊極了。

他連尊稱福格一聲先生都快要說不出口，可是照現況看來，自己的確是受人照顧，也不得不說幾句感謝的話，於是他百般不情願地來到福格身邊。

法克斯極力壓抑住心中的激動，以免自己一時衝動，會抓住福格的衣領，痛斥他是小偷。他說：「……先生，承蒙您的慷慨，讓我搭上這艘船，雖然我不如您這樣大方，但也應該付一些船費……」

福格說：「這點小事，不用放在心上。」

法克斯連忙說：「不，我一定要付的……」

但福格以不容爭辯的語氣說：「真的不用，這不過是我預算中的一項開支罷了。」

看福格的態度如此堅定，法克斯也不再多說，但他仍然高興不起來，一肚子怨氣，苦無處可發，於是整天都一個人待在船頭，也不跟誰多說一句話。

在船主班斯比的帶領之下，所有的船員行動也都相當積極，所有的準備工作都進行得相當積極。帆索緊繃、船帆鼓漲，船舵方向再確實也不過，一點偏差也沒有，因此唐卡德爾號的這趟航程，到現在爲止都進行得相當順利。

到了傍晚，船主再次檢查測速器，他們已經走了兩百二十浬。照這樣看來，費雷斯．福格自倫敦出發以來所遭遇到的最大危機，已經有驚無險地度過了。

就在天快亮的時候，唐卡德爾號駛進了台灣海峽，這裡的水流非常湍急，到處都有可怕的漩渦，足以讓船隻迷失方向。唐卡德爾號走得相當吃力，船阻變大，船身的擺盪也變得劇烈，現在想在甲板上穩穩的站好，都是一件很困難的事。

日出之際，海風的威力也跟著加大了，從天象上看來，大風隨時可能會出現；一整天下來，晴雨錶的指針一直不穩定地上上下下跳動。果然，很快地海面上就起了劇烈的變化，東南方出現了滾滾巨浪，沒錯！暴風雨就要來了。

隨著黑夜的來臨，海面上的暗紅餘暉已全數消失在薄霧之中，只剩下幾許閃耀的波光。

船主足足觀察海象好一會兒，才踱步走到福格先生身旁。

班斯比說：「先生，我可以把實際的狀況對您說嗎？」語氣顯得有點擔憂和猶豫。

福格看著他，回答：「說吧！」

船主：「我們馬上就要碰上颱風了。」

福格面無驚色，只是簡單地問：「南風還是北風？」

船主回答：「南風，而且很快就到了。」

福格說：「既然是南風，那就不用在意，這反而會有助於我們的航行。」

班斯比有點不可思議地看著福格：「好吧，如果您不在乎，那我也沒什麼好說的了。」

於是，他下令船員將所有的帆篷全數綁緊，活動的帆架全都卸下來放到甲板上，每一個艙口都用防水布蓋緊，以防海水流進船艙，只留下一張厚布三角帆，利用背後吹來的風，繼續航行。船主請所有的旅客進到艙房，但是待在緊閉的艙室裡，被浪搖來搖去，那個滋味可是誰都受不了的，於是所有的人都堅持要待在甲板上，連法克斯都跑了出來，誰也不願意離開甲板。

八點鐘，驟雨來到，小船在暴風雨呼嘯之下的景況，實在是很難用言語加以描述。這時的船速，幾乎比加足馬力的火車頭還要快上四倍，船上僅剩的那塊小布帆幾乎已沒有任何作用，任憑海風颳來颳去，像一根飄忽不定的鵝毛。兇猛的海浪不停襲來，唐卡德爾號不由自主地跟著滾滾而來的波濤，以驚人的速度向北疾駛。

一整天下來，無數的巨浪不斷無情地打上甲板，幸好船主以老練的技術控制船舵，屢屢化險危夷。拍打上來的浪花，不免像下了一場傾盆大雨一般，粗魯地將旅客們狠狠地沖洗了一番；只不過這些旅客個個都像個哲學家似的，即使遭逢巨浪衝擊，也仍舊一聲不吭。

其中，法克斯毫無疑問是最會怨天尤人的一位；反倒是勇敢的艾娥達，完全被福格那種非凡的冷靜震懾住了，她看著費雷斯．福格就這麼站在風雨之中，臉上無一絲驚奇之色，彷佛這場大雨早就在他的意料之中，令她敬佩不已。因此，艾娥達也力持鎮定，努力在風雨之中向自己心目中的英雄效法，慨然地承受暴風雨所帶來的折磨。

原本，唐卡德爾號一直保持著朝北前進，但是到了傍晚，風向突然整整側轉了二百七十度，本來由南方吹來的風，竟轉成西北風。逆向浪潮，將船身側翼拍擊得搖搖晃晃，整艘船猶如在惡浪中翻騰，如果不了解這艘船是建造得如何堅固的人，一定會被它目前所遭遇到的嚴重衝擊而感到驚心動魄。

到了夜裡，暴風雨更加地猖狂起來，嚴重地影響到船行的速度。船主班斯比相當憂心以目前的海況來看，是否要冒險繼續航行下去，還是先找一個港口避風，等浪頭過了，再繼續前進。於是，他向福格提出自己內心的疑慮。

他說：「福格先生，我想我們還是先就近找一個港口避避風吧！」

福格聽了，沈思了一會兒說：「我也這麼認為。」

船主說：「好，那我們要停在哪一個港口？」

福格不慍不火地說：「我只知道一個港口。」

船主問：「您說的是……」

「上海！」福格斬釘截鐵地說。

船主一時間錯愕地楞了一下，頗為不可置信地看著福格先生，彷彿想確認他是否當真。

但是費雷斯．福格一臉堅決，令他明白了眼前的這名紳士，是決定不計一切代價要趕上那班開往舊金山的船。於是他大聲地說：「好的，先生，就依您所說，我們就直接到上海去。」

在船主千錘百鍊的掌舵功夫操控之下，唐卡德爾號在狂風暴雨之中，繼續堅定不移地向北駛去。有好幾次，驚天駭浪就朝著小船直撲而來，甲板上的船具若不是早以繩子綁得牢牢的，恐怕早就不見蹤影了。

艾娥達夫人在船身劇烈搖晃的甲板上，光是爲了讓自己站得穩，就耗盡了所有氣力，但即使如此，她也絲毫不抱怨，努力地支撐著。情況實在太危急，福格不只一次衝到她身邊，保護她免於被巨浪捲走。

東方的天空已漸漸亮了起來，此時，暴風雨像是一匹脫韁的野馬一般，狂暴得幾乎令人難以忍受。幸好，風勢已經漸漸轉回東南風，至少這一點還算能激勵了旅客們的心。

濃濃的霧，將整片海面籠罩住，只能從霧氣的縫隙之間，隱約看見海面上滾滾的波濤，偶爾也能瞥見幾眼陸地的影子。遼闊的大海上，沒有別的船影，只有唐卡德爾號孤獨卻堅定地朝北航行。

到了中午，暴風雨總算稍稍停息了下來，等到傍晚時分，才算真正雨過天青，被夕陽染紅的天空，只剩下層層色彩斑斕的雲朵。好不容易，一直飽受暴風雨之苦的乘客們，總算可以放鬆緊繃疲累的身軀，吃點東西休息一下。

晚上，海面上已恢復平靜，船主下令重新張起大帆，以加速唐卡德爾號的航行速度。第二天，也就是十一月十一日了，此時唐卡德爾號距離上海已經不到一百浬的距離了。

但是，距離原本預定的時間也只剩下一天了，如果福格想要趕上那班由上海開往橫濱到舊金山的郵輪，就一定要在今天以前到達上海。如果不是那場可怕的暴風雨耽擱，現在肯定只剩下不到三十浬。但是事已至此，加上現在海上的風勢大大減弱，即便唐卡德爾號將所有的船帆全部裝上，也沒有辦法加快多少速度。

到了中午，距離上海還有快四十浬，離開船的時間只剩下六個鐘頭，究竟可不可以趕得上，船上的人全都非常擔心。

彷彿是上天給的阻礙還不夠似的，海上的風竟減弱到幾乎只剩相當不穩定的微風，有一陣地沒一陣地從陸上吹來，唐卡德爾號只能順著海流，以所能達到的速度繼續前進。

到了下午六點鐘，眼看只剩不到十幾浬的距離，全船的人恨不得此刻能揚起一陣大風，好讓船速更快一點。

七點鐘，開船的時間到了，而唐卡德爾號距離上海港只剩三浬，船主氣得大罵天氣不合作，害他兩百英鎊的獎金飛了。他氣得吹鬍子瞪眼睛，轉頭看向福格先生，儘管在這命運維繫的一刻，他竟能如此鎮定如常，眼睛直視海面。

突然，海面上出現一個長長的煙囪，冒出濃濃的黑煙，是那艘準備開往美國的輪船，正往他們所在的海面上緩緩地駛來。

沒辦法了，船已經開了，來不及了！船主絕望地咒罵了一聲，憤恨地用力敲了船舵。

此時，福格先生終於開口了。

他說：「發信號！」

船主看了他一眼，立刻下令要人將一門小銅砲推到船頭來，這門信號砲原本是船隻若在大霧中迷失方向時，用來發信用的。

船員們在銅砲裡裝填了火藥，船主拿來火炭。

福格大喊：「降半旗！」

船旗被降下到旗桿的一半位置。

「開砲！」福格一聲令下，船主便點燃了引信，朝美國郵輪發射信號。

轟隆的砲聲，響遍了整個海面。船上的人都祈禱著，祈禱那艘美國郵輪能夠發現他們。

這是最後的機會了。

第22章 流落橫濱街頭

儘管百般不願意，萬事通還是得下船，踏上這塊屬於人稱太陽之子所有的土地上，一點也興奮不起來，反而為自己的茫茫前途而感到擔憂不已。

十一月七日下午六點半，卡那提克號修好了鍋爐，就提前離開香港，往日本出發。然而，這艘載滿了貨物與旅客的大郵輪，卻有兩間艙房沒有人住；那就是費雷斯．福格交代萬事通所預定的兩個房間。

第二天早上，來到甲板散步的旅客，都發現了一個奇怪的人，走起路來搖搖晃晃、東倒西歪的，頭髮亂七八糟，看起來狼狽得不得了。這個人踉踉蹌蹌地走到一根備用桅桿上坐了下來，一臉呆滯的神情，讓人不禁好奇他到底發生什麼事。

沒錯，他就是萬事通。自從他被法克斯設計陷害，又喝酒又吸了鴉片煙之後，他就昏倒在煙館裡面不醒人事了。

而後，幾個煙館的夥計們就把他抬上了那個專睡煙鬼的大板床上。過了三個多鐘頭，他奇蹟似地醒了過來，心繫著還沒完成的任務，連忙從那張大板床上爬了下來。

麻醉的藥效還沒有消退，他只能拚命地讓自己保持清醒，全身一點力氣也沒有，只能扶著牆壁，東倒西歪、連滾帶爬地往港口方向走去。一股無形的力量，不斷地催促他前進；他心裡只想著一件事，一定要趕上卡那提克號。

好不容易來到了港口，船快要開了，煙囪上冒著濃濃的黑煙。就在船員解開纜繩的那一刻，萬事通使盡全力向前一撲，一頭撞上跳板，滾過入口，暈倒在甲板上。

無論如何，他總算趕上卡那提克號了。

船員們對於這種老在最後一秒才趕上船的旅客，早已司空見慣了，於是，幾個船員走過來，七手八腳地就將萬事通抬到一間二等客艙去。一直到第二天早上，萬事通才又清醒過來，一時間搞不清東南西北，便連忙跑到甲板上來。

吹了清冷的海風，吸了幾口新鮮空氣，萬事通總算清醒了許多，也總算想起了昨天的事，想起了法克斯的秘密。

他大叫一聲：「我著了人家的道了，被人灌醉，還醉得一塌糊塗，真是不可原諒！幸好沒有誤了船期，福格先生知道了會怎麼說呢？那個可惡的傢伙，最好我們這次就把他給遠遠甩開，竟敢跟我說那些話；他這次肯定不敢上船了，什麼警探，竟敢說福格先生是小偷，我還是殺人犯咧！」

到底要不要把這個秘密告訴福格先生呢？萬事通心裡很是猶豫，還是說等到了倫敦，再跟福格先生說有個蠢偵探追著他環繞了世界一周?嗯，這個主意好，到時候福格先生一定會大笑一場。但是，這個問題得等一下再想，現在最重要的還是先去請求福格先生的原諒。

萬事通心知，自己昨天的行爲一定給福格先生帶來很大的困擾，他一向是個勇於負責的人，所以他決定在福格先生發怒之前，先去負荊請罪。

他站了起來，卡那提克號正遭遇了幾個大浪，整艘船晃動得厲害，萬事通身上還有些鴉片的餘毒，整個人虛脫無力極了。他勉強走到了後甲板，可是看遍了來來往往的旅客，就是沒有看到他的主人，也沒有看到艾娥達夫人。

他覺得有點奇怪，但他轉念一想：「對了，艾娥達夫人一定還在休息，至於福格先生肯定已經找到牌友，正在玩惠斯特牌……」

他來到了大廳，沒有福格先生的身影；找遍了餐廳，還是不見福格先生。到底福格先生在哪兒呢?萬事通找來找去，就是找不到。

沒辦法，他只好去找船長，但是船長堅持船上並沒有費雷斯．福格這名旅客，也沒有一位叫艾娥達的年輕夫人。萬事通急得大聲爭論，但是船長將旅客名單調出來給他看，的確沒有他主人的名字。

隱約中，萬事通想起了一件事，他大叫：「啊!糟了!」

船長硬是被他給嚇了一跳。

萬事通一把抓住船長的袖子問：「船長，請問，這艘船是卡那提克號嗎？」

船長被他問得莫名其妙：「是……是啊！」

「是開往橫濱的卡那提克？」

「沒錯啊！」

本來，萬事通以爲是自己跑錯了船，但既然他確實是在卡那提克號上，那麼就是主人沒有上船囉？他竟然把他主人給搞丟了！

這個晴天霹靂的事實，狠狠地打擊了他，他不禁跌坐在沙發上。

他想起來了，卡那提克號決定提早開船，主人正等著他回去通知，結果，他根本沒回去！天啊！主人和艾娥達夫人會誤了船期，這全都是他的錯！

對，他有錯，更可惡的是那個法克斯，都是他害的，爲了要把福格先生留在香港，竟然做出這麼卑鄙的事來，真是太可恨了。怎麼辦，主人的打賭輸了，現在說不定還被抓住，關進牢裡了……

想到這裡，萬事通就憤恨地差點把自己的頭髮抓光。可惡，那個法克斯要是落到他的手中，一定要跟他好好地算這筆帳！

煩惱完主人的事，萬事通又開始爲自己煩惱；現在他和主人分散了，既然他坐在這艘船上，他肯定是會到日本的，但是到了日本後該怎麼辦呢？他可以去哪裡呢？他身上可是一毛錢也沒有。

好在船費已經付過了，這五、六天的吃住不成問題。於是，萬事通決定在船上大吃大喝，他不但吃了自己的一份，連艾娥達夫人和福格先生的份量也全都吃了下去，好像他接下來要去的日本，是個連吃的東西都沒有的不毛之地似的。

十一月十三日，卡那提克號趁著早潮駛進了橫濱港口。

橫濱是太平洋航線上的一個重要據點，凡是往返於北美洲、中國、日本和馬來西亞群島之間的船隻，都會在這裡停靠，載客或上下貨物。

橫濱位於日本江戶灣內，距離日本第一大城江戶（東京）相當近。江戶自從幕府時代開始，就是日本的第二座京城所在地，由幕府將軍所統治，其勢力之大，幾乎可以和居住在京都的天皇分庭抗禮。

卡那提克號駛進了橫濱碼頭，碼頭上停靠了懸掛著各國旗幟的船隻。

儘管百般不願意，萬事通還是得下船，踏上這塊屬於人稱太陽之子所有的土地上，一點也興奮不起來，反而為自己的茫茫前途而感到擔憂不已。但是，沒辦法，他也只能聽天由命，走一步算一步了，總之，先到大街上碰碰運氣再說吧！

他來到了一處建築相當西化的地區，那裡的房子有著低矮的門簷，漂亮的門柱和迴廊。交錯複雜的街道、各式廣場、船塢和倉庫，從碼頭一路走來，到處都是一片熱鬧繁忙的景象。

這裡就和香港、加爾各答一樣，有著來自世界各地的商人，什麼買賣都有，讓萬事通看得驚奇得不得了。

當然，萬事通是可以到英、法的領事館去請求協助，但是他覺得不到最後關頭，不應該走這一步路。因爲若是要說出自己的經歷和遭遇，就得牽扯上福格先生，一個沒處理好，說不定又害了主人。

然而，萬事通在橫濱繞來繞去，就是找不出什麼好辦法。他來到了日本區，這裡是一處名爲「弁天」的地區，這個名字的由來是因爲附近島嶼的居民，均會供奉一位名爲弁天的海上女神的關係。在這裡到處可以看到由青翠的松樹、柏樹所圍繞的幽靜小徑，還有雕刻神像的聖門，和藏在竹林、蘆葦間的小橋，還有百年巨杉下的廟宇，裡頭住著深居簡出、茹齋素食的僧侶信徒。

長長的街道上，有成群的孩子，臉蛋紅撲撲地逗著小貓小狗玩，看起來就像是日本屏風畫裡的人物，可愛極了。

熙來攘往的大街上，有一列敲著手鼓唸經做法事的和尚，有頭戴尖帽的政府官員，有身穿藍底白條紋軍裝、手拿火槍的軍人，也有身穿錦羽織、全副鎧甲的天皇禁衛軍。除了各種階級的軍人之外，還有化緣的苦行僧、穿長袍的香客和一般的平民百姓。這些人都有著烏亮的髮絲、大頭、細腿、矮個子，膚色要嘛黑得古銅，要嘛白得沒有血色，就是沒有黃皮膚，這是日本人和中國人最大的不同。

各種交通工具在街道上穿梭來往，有轎子、馬匹、人力車、篷車等等，路上有一些傳統裝扮的婦女，邁著小小的腳步，腳上穿著布鞋或木屐，走起路來蓮步輕移，姿態很特別。這些日本女子長得並不好看，單眼皮、平胸，牙齒還趕流行地塗成了黑色，但是她們身上穿的和服卻很是別緻，一襲交襟長袍，以一種寬大的腰巾纏起來，然後在背後打上一個漂亮的結。當前巴黎婦女的流行打扮，說不定就是從日本女子這裡學來的。

萬事通在人群之中逛了好一會兒，參觀了各種販賣新奇物品的店鋪，肚子雖然有點餓卻沒錢進掛有長長店招的飯館飽餐一頓。經過茶館，有人喝著清香茶湯和溫熱的清酒；煙館裡有人抽煙，卻不是抽鴉片，而是一種味道芬芳的煙草。

走著走著，來到了郊外，一望無際的稻田，各色的鮮花，園子裡種了些果樹，卻不是爲了採收水果，單純是用來觀賞花朵而已。爲了防止野鳥飛來偷吃果子，園子裡還裝有一種扮像古怪的稻草人，不停發出尖銳古怪的聲音。

萬事通意外地發現了幾株香堇，他不禁高興地大喊：「啊哈！這下晚餐有著落了。」可是他聞了一下，卻失望得不得了，因爲那一點也不香。

「真可惜！」萬事通心裡想著。

雖然之前在船上他已經想辦法大吃了好幾頓，但是走了一整天下來，他的肚子又餓了。

他早就留意到日本的肉鋪裡根本不賣羊肉和豬肉，而且除了農耕用途之外，不得隨意宰殺牛隻，但是，此時此刻，若是能有塊雞肉，甚至是魚肉也好，可以來塡塡肚子他就心滿意足了。可是，口袋裡沒錢的他，也深切地明白那些不過是妄想罷了，眼前的狀況，也顧不得民生問題了。

天黑了，萬事通又回到了弁天區，街上掛起了各種五彩燈籠，有一些江湖藝人在街頭賣藝，吸引了大批的群眾圍觀；還有些占星家架著望遠鏡，露天地在觀察星象。萬事通望向碼頭，海面上漁火點點，那是漁人爲了招引魚群而點的火光。

夜漸漸深了，路上的行人也少了，街上開始出現巡邏的警察，身上穿著華麗的制服，前後又跟了一大群隨從，看起來就像是一票外交使節團。

萬事通每經過一群這樣子的隊伍，就不禁打趣地說：「好！不錯啊！又是一個到歐洲去的日本使節團。」

第23章 天狗神的信徒

當萬事通被迫要穿上這一身中古世紀的服裝，裝上兩隻可笑的翅膀，臉上還得戴了那個長鼻子時，他的心裡實在萬分不願意，想不到自己竟然會落到這個地步。

到了第二天，萬事通已經餓得幾乎支撐不住了，他決定不管三七二十一，先想辦法吃飯再說。他全身上下最值錢的東西，就是他曾祖父留給他的錶，當然他可以賣掉他的錶，好換些錢吃飯，但是他寧願餓死也不願意賣錶。絞盡了腦汁，他決定沿街賣唱，雖然他的歌喉稱不上天籟，但他多少會唱幾首好聽的英法小曲，說不定這些聽慣鑼鈸箏鼓的日本人也會喜歡他的歌聲。

可是，現在就開始賣唱的話，算算時間實在還太早，歌迷們如果現在被吵醒了，恐怕是不會拿出賞錢的。於是，萬事通決定在等上幾個鐘頭，先想想辦法換換自己這身的行頭，如果能穿上一身江湖藝人的衣服，一定能讓更多的觀眾圍過來。

他來到一家舊衣店，打算把身上的這套西裝賣了，換一套華麗一點的衣裝。店老闆對萬事通的西裝相當有興趣，一下子就談成了交易，等他離開舊衣店時，身上已經換了一套舊和服，頭頂上綁了一條有點褪色的舊花紋頭巾，口袋裡還啷鐺著幾塊銀幣。

「嘿！這不就像在過節一樣嗎？真是妙極了。」萬事通高興的看著自己一身新打扮。有了錢，就能先解決肚子餓的問題，萬事通來到一家小菜館，點了一點雞肉、鴨肉，配上一碗飯，他看起來就像是下一頓全沒著落似的，將碗裡面的每一粒米，都珍惜地吃進嘴裡。吃完早飯，萬事通不得不開始細心打算接下來該怎麼辨。

他心想：「雖然現在吃飽了，但是不能這樣糊裡糊塗地過下去啊！總不能再把身上的這一套賣了吧。真想趕快離開這個『太陽之國』，這個地方實在是我的傷心地啊！」

他往碼頭走去，想找找看有沒有近日要開往美洲的船，看看能不能上船打雜或煮飯，沒有酬勞沒關係，只要能讓他搭船到舊金山去就好了。到了舊金山再想接下來怎麼做，目前當務之急就是要先解決這太平洋上的四千七百浬的路程才行。

但是，他又不免胡思亂想，自己身上什麼都沒有，沒有介紹信、沒有錢，現在還穿著這一身古怪的衣服，有誰會讓他上船？走著走著，他看到一個身穿小丑裝扮的人，身上掛了一個像看板的東西，在橫濱大街上走來走去。

萬事通走了過去，將看板上的海報看了個一清二楚。海報上用英文寫著：

尊貴的威廉．巴圖卡先生的日本雜技團

赴美公演前最後一場特別演出

天狗真神庇佑下最精采的表演節目

鼻子鼻子長鼻子

絕對精采！保證好看！

「美國……，這不正是我要的嗎？」萬事通高興得幾乎跳起來。

他就一路這麼地跟著那個小丑走來走去，最後終於回到了弁天區，來到一個大棚子的門口。這果然是一個很大的馬戲團，棚子裡豎了一排排色彩鮮艷的旗子，棚牆上畫滿了許多雜技演員的畫像，看起來非常醒目。

老闆巴圖卡先生，是這個美國巴南式雜技團的經理，手下有一大批特技演員、小丑、魔術師等等，照海報上所寫的，今天就是他們離開日本到美國去之前的最後一場演出。

巴圖卡拈著灰鬍子問萬事通：「你找我什麼事？」

萬事通恭敬地走上前說：「請問您需要一個僕人嗎？」

「僕人？我已經有兩個忠實又聽話的僕人了。」巴圖卡揚了揚手說著。

「這樣啊……這麼說我對您是一點用也沒有囉？」

「沒錯。」

「真是的，我還想說能跟您一道到美國去呢！」

尊貴的巴圖卡先生停了下來，好好地端詳了萬事通好一會兒，說：「呵呵！瞧你打扮成什麼樣？要說你是日本人的話，我可就是猴子了，你幹嘛穿這樣？」

「有什麼穿什麼囉！」萬事通沒好氣地說。

「這樣說也沒錯，你是法國人？」

「是，道地的巴黎人。」

「那你肯定很會扮鬼臉囉？」

萬事通對於巴圖卡先生竟對法國人有這種偏見感到相當生氣：「是又怎樣？就算我們法國人會扮鬼臉，還比不上你們美國人呢！」

「這倒是真的，好吧，雖然我不能僱用你當僕人，不過你可以試試當我們雜技團的小丑，如何？在法國他們要看外國小丑，可是在外國，大家可是要看法國小丑。」

「啊？」

「看你的體格還不錯，是吧？」

「沒錯，吃飽飯就更好了。」

「那你會唱歌嗎？」

「會啊！」萬事通以前就曾經在街頭走唱過。

「如果我要你頭下腳上，左腳轉陀螺、右腳立軍刀唱歌，你會不會？」

「會，怎麼不會！」萬事通年輕時所受的訓練可不是唬人的。

於是，萬事通就這麼找到工作了！在雜技團裡，他可是名副其實的打雜，什麼事都得做，不過，不論如何，下個星期他就能搭船去舊金山了。

今天既然是最後一場表演，尊貴的巴圖卡先生可是卯足了勁地大做宣傳，從下午三點鐘起，就在馬戲棚門口展開了日本樂隊大合奏，將氣氛炒得再熱鬧不過。

當然，今天第一天上工的萬事通並不能馬上就扮演某一個角色，他今天的任務，就是靠他有力的肩膀，支撐負責疊羅漢的所有演員。這是一個名叫「天狗」的表演，也是所有節目的壓軸，是這個雜技團裡最扣人心弦的演出。

很快地，棚子裡就擠滿了前來觀賞雜技表演的觀眾，男男女女、老老幼幼都有，本地人、外國人都不少。大家都爭先恐後地坐在狹長的椅子上，面對著舞台正前方則是專供貴客使用的高級包廂。

樂隊已經開始演奏，銅鑼、笛子、大鼓、小鼓敲敲打打的，發出了震耳欲聾的聲響，吸引了進場觀眾的目光。

表演節目開始了。

雖然整體比較起來，和一般的雜技團表演沒有什麼不同，但是不可諱言的，日本雜技演員果真是世界上第一流的演員。有一個演員光拿一把扇子和一些碎紙片，就表演出一場相當動人的「群蝶舞花」，而另一個演員則由煙斗裡吹出了一縷縷青煙，繞成了一連串的文句向觀眾致敬；還有一個演員將一大把蠟燭一枝一枝地點燃拋上空中，再一枝枝地吹熄，中間一秒鐘也未曾中斷。

耍陀螺的演員，靈巧地運勁，讓那些小東西就像有生命的小動物似地，在舞台上、煙斗上、軍刀上、髮絲般細的鋼絲上，到處旋轉飛舞個不停。甚至還能趁陀螺旋轉的時候，用木球拍像打羽毛球一樣將陀螺打來打去；演員們將陀螺丟進衣袋裡，再拿出來陀螺竟然仍在旋轉，簡直就是神乎奇技。旋轉到最後，陀螺終於停止不動，然後突然地爆出了一束束的紙花，令人嘆爲觀止。

不只如此，每個節目都相當美不勝收，這裡就不再多做描述。最值得一提的就是壓軸演出的長鼻子節目，在歐洲從沒有過這樣的表演。

所有的長鼻子演員都是受天狗神庇佑的，他們身上穿著類似中古世紀騎士的服裝，肩上還裝著一對翅膀，最爲特別的就是他們臉上的長鼻子。那是由竹子做成的長鼻子，形狀不一，有的長約五、六英呎，最長的更長達十英呎，象徵著天狗神的信徒，演員們利用那長長的鼻子進行各種驚心動魄的特技表演。

首先有十二、三個演員躺臥在舞台上，而後又跳出了幾個人，在一個個豎起的鼻子上跳來躍去，表演著令人讚嘆的各種絕技。

最後，司儀大聲地宣佈即將表演最壓軸的節目——「疊羅漢」，全場觀眾都聚精會神地看著台上的演員。

這個節目是要由一共五十多個長鼻子演員，一個一個以不可思議的角度疊成一座高塔，他們並不是站在夥伴的肩膀上，而是只靠他們的長鼻子彼此支撐。

最底下的演員最爲重要，攸關整個節目成敗，不只要身強力壯、身體結實，更要能機靈應變，才能讓表演繼續下去。萬事通就是其中之一。

說真的，當萬事通被迫要穿上這一身中古世紀的服裝，裝上兩隻可笑的翅膀，臉上還得戴了那個長鼻子時，他的心裡實在萬分不願意，想不到自己竟然會落到這個地步。可是，話又說回來，現在他不戴這個鼻子又能如何呢？難道要餓肚子嗎？至少還能到美洲去呢！

所以萬事通便認命地走上台，和其他一同要擔任墊底的演員一起躺在舞台上，每一個長鼻子都翹得半天高。

接著第二層和第三層的演員也上台來，就躺在下一層的鼻子上，一直疊到了第四層，這座人體高塔已經幾乎和棚頂一樣高了。

台下爆起了如雷的掌聲，樂隊也奏起了勝利的樂章，但就在這一刻，其中一個墊底成員竟然擅離職守自顧自地跳起來，整座塔立刻失去平衡，乒乒乓乓地整個垮了下來。

這個罪魁禍首就是萬事通，他雖然沒有搧動他身上的假翅膀，卻像鳥一樣地飛過舞台上的柵欄，跪趴在舞台右邊包廂裡一名觀眾的腳下。

他大聲喊著：「喔！我的主人，我終於找到您了！」

那名觀眾顯然也被這突如其來的舉動給驚擾了一下。

他說：「是你？」

萬事通連忙大喊：「是我！」

那名高大的紳士站了起來，「那好吧，走，快上船吧！年輕人……」

萬事通立刻跟著福格先生和艾娥達夫人一起跑出了雜技團的戲棚。巴圖卡先生憤怒地衝過來，要萬事通好好給他一個交代，追究疊羅漢表演失敗該怎麼賠償。

費雷斯．福格面不改色地丟下一把鈔票，立刻平息了尊貴的巴圖卡先生的怒火。

下午六點整，福格挽著艾娥達的手，一起走上即將開往舊金山的郵輪，後頭跟著掩不住激動的萬事通，他身上的假翅膀和長鼻子，還沒來得及拆下來呢！

第3部

航向美洲

列車遭到一群蘇族印第安人攻擊，
上百個人衝上踏板，
就好像馬戲班裡表演的小丑般爬上車廂。
槍擊聲和叫喊聲不絕於耳，
許多車廂都變成了一個個小小的防禦堡壘。

第24章 順利橫渡太平洋

橫越太平洋的航程意外地順利，因為最困難的部分已經過去了，現在他們即將回到文明的國度，只要搭上火車到了紐約，再坐上橫渡大西洋的輪船，就能順利回到倫敦了。

當時，在上海唐卡德爾號朝著郵輪發出信號，那艘預定開往橫濱的郵輪看見小船降下半旗，便下令靠近察看。

福格將船主班斯比應得的船費全數交給他，而後便與勇敢的艾娥達夫人和警探法克斯一起搭上那艘郵輪，航向日本長崎和橫濱。

十一月十四日當天清晨，郵輪便準時抵達橫濱。一到橫濱，福格就先到卡那提克號上打聽消息，也因此知道了萬事通人在橫濱的消息。艾娥達高興極了，或許福格內心也感到同樣高興，但是他的外表卻一點也沒有顯露出興奮之情。

由於福格打算當晚就離開橫濱，所以他立刻到英、法的領事館詢問，可是一點萬事通的消息也沒有，他又跑遍了整個橫濱大街，還是一無所獲，就在他即將放棄時，竟陰錯陽差地讓他帶著艾娥達一起走進巴圖卡先生的馬戲棚。

當時萬事通穿著戲服，還戴著翅膀、鼻子，福格和艾娥達都沒認出他來，但是仰躺在舞台上的萬事通，可是將他的主人看得一清二楚，他激動得一點也沒有辦法一動也不動地躺在原來的位置，所以羅漢塔就這麼地倒了。

艾娥達高興地和萬事通談話，也提起了他們一路由香港到上海再到橫濱來的險況。當萬事通聽到那個可惡的法克斯竟然也和主人一起同行的時候，內心實在氣得不得了，但是他並沒有在臉上表露出來，他認爲或許現在還不是將法克斯抖出來的時機，於是他決定保持緘默，只說自己在煙館裡面醉倒了。

福格聽完了他的解釋，並沒有多說什麼，只給了他一筆錢，將身上的奇裝異服換掉。一個鐘頭後，萬事通摘掉了長鼻子，卸掉了假翅膀，全身上下再也沒有一絲「天狗信徒」的味道了。

這艘將由橫濱開往舊金山的郵輪是隸屬於太平洋輪船公司的格蘭特將軍號，是一艘重達兩千五百噸的大型輪船，不但設備良好，而且速度相當快。船上的機器轉軸不停地轉動著，推動著輪船快速前進，加上三面大船帆，更有助於加快航行速度。

以每小時十二浬的速度來算，不到二十一天就能橫渡太平洋，因此福格深信，他們一定能在十二月二日準時到達舊金山，十一日就能到紐約，二十日回到倫敦。也就是說，他就能在十二月二十一日那個命運決定的時間之前，完成這趟旅行的任務。

這趟橫越太平洋的航程意外地順利，沿途什麼事故也沒有發生，格蘭特將軍在平靜的海面上走得四平八穩，穩定前進。

艾娥達看著身旁依舊沉默寡言的福格，內心的關懷與親切已經不純粹只有感激之情了；福格穩重可親的個性，令她感到相當安心，不知不覺已經演變成為一種依賴感，一股微妙的情愫油然而生。

但是，儘管艾娥達夫人心中的情感已有所不同，這位神秘莫測、難以捉摸的福格先生，還是仍然冷漠有禮，彷若一無所知似的。

萬事通怎麼也想不通，明明艾娥達夫人對於福格先生的迷戀崇拜已是如此顯而易見，為何他的主人卻仍是一副絲毫未覺的樣子。他經常安慰艾娥達夫人不必擔心主人此次的行程，因為最困難的部分已經過去了，現在他們即將回到文明的國度，只要搭上火車到了紐約，再坐上橫渡大西洋的輪船，就能順利回到倫敦了。

大約離開橫濱九天的時候，這時算起來，費雷斯．福格已經剛好繞過了半個地球。格蘭特將軍號於十一月二十三日這天越過一百八十度的子午線，這條線剛好和經過倫敦的子午線成了一條直線。而福格八十天的時間也只剩下二十八天了。

不過，雖然福格看起來只繞過半個地球，但實際上，他已經完成了幾乎三分之二以上的路程。要是他能走直線的話，全程事實上不過一萬兩千英哩，但是由於交通條件的限制，他必須要從亞丁到孟買、加爾各答、新加坡、橫濱，足足繞了兩萬六千英哩的大圈子才能回到倫敦。不過，從現在開始，到倫敦都剩下直線距離了，更何況那個老是阻擾行程的法克斯也不在了。

十一月二十三日這一天，特別讓萬事通感到高興，因爲他的傳家之錶，終於和別人的錶上時間相同了。一路上他總是以爲別人的錶錯了，卻不知道是他自己固執地始終維持著倫敦時間所造成的。他並沒有去調動指針，他的錶卻和船上的大鐘時間一模一樣，更讓他得意得不得了的是，他在想，要是那個法克斯在這裡，看他還敢不敢說什麼他的錶不準的話。

他說：「哼！跟我胡扯什麼子午線、太陽、月亮之類的，我要是聽他的才怪，我就知道，太陽會照著我的錶走！……」

要是大廳裡的掛鐘是像義大利鐘一樣是分成二十四個小時的話，萬事通可就不會像現在那麼得意洋洋了，因爲他的錶將會和大鐘整整差上十二個小時。也就是說他的錶指的是晚上九點而不是上午九點，剛好是此處與倫敦之間的時差。

但是，即使法克斯能把這些向萬事通說明清楚，萬事通也肯定不會理解，就算他能理解，他也決計不再相信法克斯。話又說回來，要是法克斯出現在這艘船上，萬事通想和他爭論的，也絕對不會是時間問題。

那麼，法克斯究竟在哪裡呢？他哪也沒去，就在這艘格蘭特將軍號上。

當法克斯一到橫濱的時候，第一時間就衝到英國領事館去，終於拿到那張苦苦追在他身後的拘票。可是，那張拘票此刻不過像張廢紙一樣，除他他們再次踏上英國領土，否則那張拘票根本沒有辦法發揮它的效力，可以想見當時的法克斯是如何地懊惱。

不過，他很快地冷靜下來。他對自己說：「算了，雖然這張拘票現在一點用也沒有，但是等我們一到英國，它可就能發揮作用了。福格這個惡徒，他以為英國警察已經全都被他矇混過去了嗎？還有我法克斯在呢！好，我就一路盯到底，看你能逃到哪裡去。一路這麼花錢如流水，什麼旅費、獎金、保釋金，差不多已經揮霍了五千英鎊，你到是花得挺爽快的。算了，管他的，反正銀行錢多！」

打好算盤的法克斯當然也跟著登上了格蘭特將軍號。但是，想不到他竟看到那個奇裝異服的萬事通也跟著上船，他一慌就連忙躲進自己的艙房裡。怎麼辦，萬事通也在這裡，他打算要拆穿一切嗎？

躲了幾天，總不能一連躲過二十一天的航程吧，法克斯心一橫，反正船上那麼多人，總不會那麼倒楣就被萬事通碰上吧！

可是，偏偏就是那麼巧，狹路相逢，仇人一見分外眼紅，萬事通一眼就在甲板上認出他來，二話不說就衝上前來掐住法克斯的脖子。

萬事通一點也不留情地狠揍了法克斯一頓，從這裡我們可以看出法國拳擊倒是比英國招數略勝一籌。

打也打過了，萬事通也多少消了氣，兩個人癱在地上喘著氣。

法克斯站了起來，冷冷地說：「打夠了吧？」

「哼！暫時夠了。」

「打夠了，好，那我們談談。」

「誰跟你談……」萬事通一聽又激動了起來。

「是對你主人有益的事。」

聽到法克斯的話，萬事通就像隻被馴服的獅子一樣，跟著他一起走到船頭坐下。

法克斯說：「我不怪你揍了我，我是該打，但是你聽我說，從今以後我不再和福格先生作對了。」

「喔！那你現在也相信他是一位正人君子囉！」萬事通叫道。

「不，不相信，我還是認爲他是個壞蛋。」萬事通聽了作勢又要揍他，「別動粗，聽我說完，在英國的領地，拖住福格，才能等得及那張拘票。所以我用盡了方法，找僧侶來告你們、在香港灌醉你，都是爲了這個目的。但是，現在福格好像打算回英國去了，那正好，所以我不但不再阻礙他，反而要幫助他，讓他更快回到英國。到了英國，你也能看清楚，你的主人究竟是個怎麼樣可恥的壞蛋。現在，我們算得上是朋友了吧！」

萬事通一直冷靜地聽完法克斯說這些話，但是他已經氣得緊握住拳頭，強忍住再揍他一頓的想法。

萬事通說：「朋友？絕對不可能，我們只能算是同行者，只有在保證福格先生的利益下和你同盟。我警告你，只要讓我發現你又在要什麼花樣，我就掐死你！」

法克斯表面上不動聲色地說：「同意。」反正只要萬事通別來礙事就成了。

經過十一天，正好是十二月三日，格蘭特將軍號準時開進金門港，抵達了舊金山。從出發那天到現在為止，費雷斯．福格只是剛好如期到了舊金山，與他預定的行程，既沒多一天也沒少一天。

第25章 意外捲入舊金山選舉暴動

震耳欲聾的歡呼聲和咒罵聲，旗桿拳頭四處揮舞，到處都有人在鬥毆吵架，什麼東西都可以拿來當作武器，鞋子、靴子丟來丟去，還夾雜著幾聲槍響。

在舊金山港口海面，有許多浮動碼頭，由於這些浮動碼頭會隨著潮水起降，所以對於船隻裝卸貨來說，相當地便利。

如果這些浮動碼頭也算是美洲大陸的一部分的話，那麼福格、艾娥達和萬事通，早在早上七點就已經踏上了美洲大陸。碼頭邊上停了許多船隻，有帆船、輪船、汽艇等等，浮動碼頭上還堆放著許許多多的貨物，這些貨物都將被由此地載往墨西哥、秘魯、智利、巴西、歐洲、亞洲，以及太平洋上的各個島嶼。

能夠離開日本那個傷心地，來到舊金山這個新大陸，讓萬事通感到非常高興。所以，他決定要以一種特別的姿勢踏上美國土地，才能表達出他內心的喜悅；他由船上往前翻了個前空翻，可惜落地時，浮動碼頭隨著海水漂動了一下，他一個不穩，差點就栽了個觔斗。他大吼一聲，把原本棲息在碼頭上的塘鵝、海鳥全嚇得到處飛散。

福格一下船就將最近一班即將開往紐約的火車班表打聽好了，下午六點鐘就有一班火車。也就是說，他們將可以在這個美國西岸最大的城市停留一整天的時間。福格以三元美金僱了一輛馬車，扶著艾娥達一起坐進車裡，萬事通則俐落地爬上駕駛身邊的座位，一路疾駛到國際飯店。

由於坐在馬車的最高處，萬事通得以居高臨下地瀏覽舊金山這座大城市。寬闊的大街，整齊的房舍，哥德式的教堂，巨大的船塢，木造或磚造的倉庫；路上充斥著各種交通工具，除了馬車和卡車之外，還有電車；往返其中的行人，不只有美國人和歐洲人，還有中國人和印第安人，在舊金山城裡，總共有約二十萬的居民。

萬事通感到相當好奇，原本他還以為會看到槍手和強盜決鬥的場面，照理說這裡應該是所有罪惡的聚集之地，人們一手握槍、一手拔刀，以金沙進行賭博。

其實，那樣的黃金年代，已經是過去的事了，現在的舊金山是一座巨大的商業城市。市府大廈如高塔似地俯瞰著全城，整齊劃一的街道，中央點綴著一處處翠綠的公園。

再往前走去，就是所謂的華人區，就好像將某個中國城市搬運而來似的一個區域。現在在舊金山已經看不到頭戴寬帽的西班牙人了，也看不見身穿紅襯衫的淘金客，更看不到全身以羽毛裝飾的印第安人，取而代之的是身穿黑禮服，頭戴絲質禮帽的紳士名流。

街上開設了許多大型商店，販賣著來自世界各地的商品，像蒙哥馬利大街，就足以和倫敦的瑞金大街、巴黎的義大利街、紐約的百老匯等世界知名商店街相提並論。

到了目的地，走進國際飯店，萬事通覺得自己好像根本沒有離開英國。飯店一樓設置了一個餐吧，免費供應客人自由取用肉乾、牡蠣湯、餅乾、乾酪等食物，除非想要來點英國啤酒或葡萄牙紅酒，否則全都一文不收，提供旅客最舒適的享受。萬事通覺得這種美國式的經營方式倒真不錯。

福格引領艾娥達夫人在一張餐桌旁坐下，幾個黑人侍者立刻送上許多份量不多的精緻餐點，讓他們大飽口福。飯後，艾娥達便陪著福格一同到英國領事館去辦理簽證，路上遇到匆忙跑來的萬事通。

萬事通建議福格先生買幾把卡賓槍和手槍上路，以備不時之需，因爲他剛才聽人說這段鐵路經常會有蘇族人和波尼族人出沒，像西班牙盜匪一樣結夥搶劫火車。福格覺得萬事通是多慮了，不過他也不堅持反對，要萬事通自己看著辦，如果覺得該買就買。

福格挽著艾娥達繼續往領事館走去，沒多遠，竟又碰上了法克斯。想不到共搭同一艘船二十多天都沒碰上一面的兩個人，竟又在這裡見面了。法克斯心裡雖然吃驚，但表面上還是有禮地說這回有要務回歐洲，能和福格先生同行，真是太令人感到榮幸了。

福格自然也回答這是自己的榮幸。法克斯早就打定主意要盯緊福格，所以立刻提議要與他們同遊舊金山，福格當然也同意了。

三人同行走在蒙哥馬利大街上，一路上真是人潮洶湧，只要看得到的地方，就有行人穿梭。雖然街道上不時有馬車奔馳而過，但是路上到處都是人，連窗戶邊、屋頂上也全都是人。有人背著廣告牌在人群裡走來走去，街上還有各色的旗幟和標語。到處都有人在大聲喊著口號，接著便引起更多群眾喧騰鼓譟。

「支持卡繆菲爾德！」

「曼迪拜當選！」

法克斯說：「這是場集會吧！我們別和他們攪和在一起，不然等會兒肯定遭殃。」

福格冷冷地說：「政治的拳頭可不會比真正的拳頭來得輕。」

法克斯楞了一下，他猜福格應該是在說笑，所以他就禮貌地笑了笑。既然大家都同意明哲保身，加上又有艾娥達夫人在場，他們便小心地避開人群，爬上了一道階梯，打算從這裡爬上那座可以俯瞰蒙哥馬利大街的平台。對街在煤炭公司和石油商行間的空地上，設置了一個講台，講台的四面八方聚集了無數的情緒亢奮的群眾。

到底是爲了什麼而舉辦的集會？竟讓可以讓全城民眾都陷入這種異常激動的局面，是要選什麼大官嗎？福格完全沒有任何頭緒，眼前的一切，足以讓人做出各種不同的推測。

就在這個時候，人群中發生了一場騷動，每個人的手都舉了起來，在一片叫囂聲中，好多人緊握拳頭，高高舉起，低低落下，伴隨著一連串的吆喝聲。這種舉動，應該是要表達自己堅決要投某人一票的意思吧！

彷若浪潮一般，人群裡起了一陣又一陣的騷動，原本飛舞在上空的旗幟標語，在人們不斷高舉的雙手的呼叫聲中，有些都變成了破爛的紙片了。而後人群開始移動了起來，有人往這兒，有人往那兒，好像拍擊沿岸的海浪，湧向四面八方。

法克斯說：「這可真是個激烈的集會啊！八成是在討論什麼重要的議題，要說是爲了阿拉巴馬事件而爭也不爲過，雖然那件事早就解決了。」

福格簡單地回答：「也許是吧！」

人潮裡漸漸形成一個漩渦，法克斯說：「看來卡繆菲爾德先生和曼迪拜先生兩派人馬，開始正面對峙了。」

艾娥達挽著福格的手臂，面帶驚慌地看著眼前漸漸失控的人群。法克斯正想問問到底大家是爲了什麼事這麼激動，底下已經開打了。震耳欲聾的歡呼聲和咒罵聲，旗桿拳頭四處揮舞，車子全都動彈不得，到處都有人在鬥毆吵架，什麼東西都可以拿來當作武器，鞋子、靴子丟來丟去，還夾雜著幾聲槍響。

人群漸漸湧上福格他們所站的台階，底下已經完全亂成一團，根本分不出目前到底誰佔優勢。法克斯說：「我們最好還是走吧！如果這真是爲了某個英國問題而爭，要是被人認出我們是英國人，就完蛋了。」

福格倒是不願退縮，他說：「身爲一個英國公民……」他還沒說完就被一個巨大的喊叫聲給打斷了。

「哦！呵！擁護曼迪拜！」又有另一群人從側面衝進來，這下子福格三人完全被困住了，想走也走不了。

爲了保護艾娥達夫人不受紛亂的人群欺擾，福格和法克斯只得左閃右閃，想辦法在人群之中移動，面對棍棒攻擊，雙手根本無濟於事。突然，來了一個紅髮的大鬍子，看起來氣勢囂張，體形魁梧，一過來就掄起拳頭朝福格揮去。幸好法克斯及時衝上來擋了這一拳，否則這名紳士恐怕得被打倒在地。

法克斯的頭立刻腫了一個大包，福格目光如炬地瞪著那名大漢，鄙夷地罵了一句：「美國佬！」

對方則回敬：「英國人！」

「我們總有再見的時候。」

「隨時奉陪！你是……」

「費雷斯．福格。您又是……」

「史坦普．普洛克托上校。」

話才說完，人群又湧了上來，法克斯被撞倒在地，狼狽地爬了起來，身上的衣服都被扯破了，幸好沒受什麼傷。在福格的保護之下，艾娥達幸運地毫髮無傷，安然無恙。

好不容易離開了人群，福格向法克斯道謝。

法克斯回答：「沒什麼，我們走吧！」

「去哪？」

「找一家服裝店。」

法克斯說得非常實在，他和福格身上的衣服，在這場意外災難之下，全都破爛不堪了，看起來好像他們兩個也爲卡繆菲爾德和曼迪拜打了一架似的。

一個小時之後，他們總算恢復了衣冠整潔，到領事館辦完簽證手續，便又回到了國際飯店。萬事通已經準備好槍枝火藥，在飯店門口等了。

他一看到法克斯又跟在福格先生後面，便一臉不高興。後來艾娥達夫人對他說起剛才發生的事，知道法克斯爲了自己的主人平白挨了一拳，他便開心多了。看來法克斯確實是個說話算話的人，應該不再是敵人了。

在飯店用過晚餐，福格便命人僱來一輛馬車，將他們的行李裝上車，準備出發到火車站去。臨行前，福格還向法克斯問起：「您有看見那個叫普洛克托的上校嗎？」

法克斯說：「沒看見。」

福格語調冰冷：「我會再回美洲來找他的，身爲一名英國公民，不容得他如此污辱。」

法克斯沒多話，只是微笑了一下，看來福格是這樣的一個英國人，不只在英國容不得任何挑釁，在外國也會爲自己的榮譽而戰。

五點四十五分，他們到了車站，火車已經準備發車了。

臨上車前，福格詢問一名車站員工：「今天舊金山是發生暴動了嗎？」

那名員工回答：「只是開了場群眾大會而已，先生。」

「可是，我看街上好像鬧得蠻嚴重的。」

「只是場選舉活動罷了。都是這樣的，沒什麼。」

福格登上了火車，「這麼說，是要選軍隊司令官囉！」

「不，先生，是要選一名治安官。」

火車發出一聲汽鳴，加足了馬力，飛快地駛離了車站。

第26章 開往紐約的特快車

天上果然飄起雪花了，在汽笛的怒吼聲和瀑布的流水聲中，山林裡只有火車頭噴出的黑煙在上方繚繞飛舞。

所謂「一線通兩洋」，正是美國人對這一條橫貫美國大陸，連接太平洋和大西洋鐵路的稱呼。目前從舊金山到紐約，正是由這一條長達三千七百八十六英哩的鐵路連結起來的。從前，在最順利的情況下，想要從舊金山到紐約一趟，最少也要花上六個月的時間，但現在僅僅只需要七天就到得了。雖然東西的交通已變得便利許多，但從奧馬哈到太平洋海岸之間，還有一片會有印第安人和野獸出沒的區域；此外，自從一八四五年摩門教徒被逐出伊利諾州之後，也在此處落地生根。

一八六二年時，雖然受到南方議員的反對，但議會仍通過於北緯四十一度到四十二度之間修築了這條鐵路。由內布拉斯加州的奧馬哈城爲起點，沿途經過普拉特河北岸，在支流匯聚處往西南延伸，進入拉阿密地區和瓦薩奇山脈，繞過大鹽湖到達摩門教的重鎮——鹽湖城。再從鹽湖城進入特伊拉谷地，沿著內陸沙漠，內華達山，於薩克拉門多急轉直達太平洋岸。

這條鐵路的坡度很小，即使在穿越落磯山山脈時，每英哩的坡度也沒超過一百一十二英呎，算是相當平穩的路線。太平洋鐵路沿途還增設了很多支線，分別通往愛荷華、堪薩斯、科羅拉多、奧勒岡等州。

當時在建造的過程當中，就是以美國人積極進取的精神開路，沒有官僚主義拖累，工程的進行相當快速，在草原地區甚至可以每天平均建造一英哩半的路段；前一天完成的路段上，便載運來第二天要動工的鋼軌，一段一段地往前伸展，終於完成這個艱鉅的工程。

也就是因爲有了這一條七日就能走完全程的大鐵路完成，費雷斯．福格才有可能如預斯在十二月十一日抵達紐約，好搭上當天開往英國利物浦的輪船。至少，他是這麼希望的。

他們所乘坐的車廂和以往有所不同，是由兩節各有四個車輪的車架聯結而成，這樣的設計是爲了讓列車在經過彎度較大的路線時，也能順暢前進。此外，車上也沒有包廂，只有左右兩排座位，中間的走道可以通往盥洗室和其他節車廂，整列火車的車廂都能相通。列車上附有客廳、眺望台、餐車、咖啡座，雖然還沒有可以欣賞戲劇的車廂，但相信未來一定會有的。走道上經常會有小販來來去去，賣些報章雜誌之類的，也有酒飲、食品和雪茄等等，生意還不錯。

晚上六點整，火車準時載著旅客由奧克蘭出發，在黑夜和寒冬籠罩之下，天上烏雲密佈，看起來今天晚上可能會開始下雪。火車的行進速度並不算太快，加上沿途靠站的時間，每小時速度不過二十英哩左右，然而，這樣的速度已經足以在時限內穿越美國大陸了。

車廂裡，旅客們不怎麼交談，大家都疲倦地闔眼休息。萬事通就坐在法克斯旁邊，兩人沒有交談，打從之前的談判破裂後，他們之間就明顯冷淡許多，雖然法克斯對萬事通並沒有太大的改變，但是萬事通卻時時警戒著，只要法克斯有絲毫可疑的舉動，他就準備掐死他。

火車出站後一個小時，天上果然飄起雪花了，所幸這場的小雪，並不至於阻礙火車前進的速度。窗外一片白茫茫，只見車頭冒出的煙霧在雪地裡盤旋飛舞。

八點鐘，車長走進車廂裡，通知旅客就寢時間到了。在大家一同動作之下，原本的座位立刻變成一格格的臥鋪，厚厚的布幔區隔之下，每位旅客都能擁有個人私密的空間，可以安心睡個好覺了。

火車全速前進，在加利福尼亞州的土地上飛馳著。

在舊金山和薩克拉門多之間的地勢較爲平緩，火車在這座加州首府城市沿著流入聖保羅灣的亞美利加河繼續往東北走，兩座大城間不過一百二十英哩，六個小時就能走完了，所以午夜十二點，火車經過薩克拉門多時，車上的旅客因爲沈睡夢鄉，誰也沒瞧見那個富麗堂皇的議會大廈和車站，更沒看見寬闊的大街和豪華的旅館、精緻的教堂和街心公園。

火車一路馳過姜欣、洛克林、奧本、科法克斯等站，終於來到了內華達山區。經過西斯科站時已經早上七點了，在列車長的要求下，所有的床鋪再度恢復成座椅的樣子，旅客也得以經由車窗輕鬆地瀏覽山中風光。

這段鐵路是順著山勢而行，有時在山腰上行走，有時則在懸崖上前進，轉彎幅度大得驚人；有時還在兩座山之間的山谷游走，感覺上好像前頭沒路了似的。列車不段地順著山路盤旋而上，從這座山延伸到另一座山，在汽笛的怒吼聲和瀑布的流水聲中，山林裡只有火車頭噴出的黑煙在上方繚繞飛舞。

火車在雷諾市暫停了約二十分鐘，讓旅客們從容吃過午飯，十二點整便準時出發。福格、艾娥達，還有萬事通和法克斯再度回到車廂，繼續欣賞窗外風光。離開了山區，眼前所見是一片草原景色，廣闊無邊的大草原，天邊映著群山的面貌和潺潺的小河，有時還可以看見一大群野牛群，在草原上奔馳、漫步。

野牛其實是一種麻煩的動物，成群看起來就像一支由無數隻反芻動物集結而成的大軍，牠們毫不在意交通路線，有時一整隊野牛群魚貫越過鐵路，火車不得不停下來等牠們經過，一等就是好幾個鐘頭。這一天正好碰上了這件事，大約下午接近三點鐘的時候，大概有一萬兩千多頭野牛，浩浩蕩蕩地阻斷了火車的去路。

沒辦法，大家只好眼看著這些野牛不慌不忙地，一隻接著一隻穿過鐵路。牠們邊走還邊發出驚人的叫聲。野牛的體型比歐洲的公牛來得大，但是四肢和尾巴都很短，肩胛處隆起成爲一個肉峰，兩支大角向外彎曲，頸部和背上都長滿了鬃毛。

牛群的移動，就好像是一條流動的長河，當這些動物堅持朝著某一個方向前進時，誰也沒辦法讓牠們停止或改變方向。許多旅客都紛紛跑到車廂連結的地方，想看清楚這難得一見的奇景。至於費雷斯．福格這一位應該比任何人都擔心焦急的紳士，倒是文風不動，以不變應萬變，靜待這些野牛讓路。

萬事通可是氣得想把他買來的槍拿出來，把這群擋路的牛全數殺死，省得在這裡白費時間。他大吼大叫地說：「這是什麼鬼地方！幾頭牛就能把火車攔住，偏偏牠們還走得慢吞吞的，牠們不急，老子可急了，不知道福格先生是不是也把這個算進他的計劃裡了。可惡的火車司機，竟然不敢強行突破這群不識好歹的牛！」

火車司機確實不想衝破眼前的障礙，因爲即使撞死了幾頭牛，還是沒有辦法改變現狀，要是反而讓野牛發狂或是火車出軌的話，可就得不償失了。反正也耽擱不了多少時間，耐心等一會，之後再加速追上去，就不會延誤行程了。

足足等了三個多少時，天色完全黑暗下來了，野牛隊伍才差不多走完，當時前幾匹先鋒部隊，已經消失在南方的地平面上了。

晚上九點鐘，火車終於來到猶他州，進入大鹽湖區，這裡是摩門教徒的世外桃源。

第27章 行經摩門教的世外桃源

鹽湖又被稱為死海，在這裡也有一條同名的約旦河，河水盡數流入大鹽湖。湖畔有許多奇形怪狀的岩石，上面都覆蓋了一層厚厚的白鹽，湖面上一片平靜無波。

十二月六日上午九點鐘時，火車正快速地朝向大鹽湖奔馳。萬事通走到走道上透透氣，十二月的天氣非常冷，天色也顯得相當灰暗。雪已經停了，太陽從雲層裡面透出輪廓來，看起來活像一塊大金幣，就在萬事通正在心裡折算這麼大一個金幣可以換多少先令的時候，他看見了一個奇怪的人。

這個人身材相當高大，深褐色的臉孔加上黑鬍子，一身黑衣、黑褲、黑襪、黑鞋，繫了一條白領巾，戴了一副狗皮手套，像起來像一位牧師。這個人在每一節車廂上都張貼了一張告示。好奇的萬事通，自然是跟上去看看告示裡到底寫了些什麼東西。

上頭寫著：

摩門傳教士老威廉．希區，趁第四十八號車次旅行的機會，
將舉辦一場摩門教義佈道會，敬請有心人士前來聆聽摩門聖教教徒靈秘。

時間：十一點至十二點

地點：第一百一十七號車廂

萬事通自言自語地說著：「沒問題，一定去聽看看。」其實，他對於摩門教，除了知道他們有一夫多妻制之外，其餘的什麼也不知道。

十一點鐘時，受到告示吸引的旅客全都集中到了一百一十七號車廂裡來了。萬事通搶得先機，就坐在第一排。至於他的主人福格先生還有法克斯，則表示一點興趣也沒有。

見人差不多都到齊，希區先生便開始站起來演講。

他說話的聲調相當激動，大聲地吼著：「你們聽著，喬·史密斯是一位殉教者，他的兄弟希藍也是一位殉教者，美利堅合眾國迫害了這些先知聖人，再繼續下去，連布來恩·楊也將成爲下一個受害者，你們誰敢說不對？」

底下的聽眾沒有一個人敢冒險反駁他，希區先生慷慨激昂的言論和他平和的外貌恰成反比。不過，他會如此激動，也是能夠讓人理解的，當前美國政府正對摩門教不斷施壓，甚至以暴亂叛變和重婚罪的罪名起訴他們當前的教主布來恩·楊，布來恩·楊入獄之後，美國就順利成章地接收了猶他州的管轄權。於是，摩門教徒便開始積極運作，希望能阻止政府頒佈法令，反對國會的決定。

威廉·希區先生就是其中一名狂熱分子，他到處演講爭取民眾認同，連搭火車都不肯休息。他從聖經紀事時代開始講起，一一訴說摩門教的歷史，他響亮的聲音和誇張的手勢，生動地敘述自以色列部落發跡的摩門先知如何公佈新教年史，又如何傳承給他的兒子摩門；經過世代流傳，又如何由小約瑟．史密斯手中，將埃及文的教義翻譯出來。到了一八二五年他被人發現是一位神奇的先知，在一個金光四射的森林裡遇見天使，又從天使手中得到這部珍貴的年史云云。

對這些歷史不感興趣的聽眾，紛紛起身離座，希區先生仍滔滔不絕地說著小史密斯如何和他的父親、兄弟、信徒等共同創立末世聖徒教會，教派流傳至美洲、英國、斯堪地那維亞、德國等地；後來又如何在俄亥俄州設立根據地，以二十萬美元修建一座教堂，又如何在科克蘭建立一座城市；史密斯如何成為一名成功的銀行家，從木乃伊展覽館得到一本由亞伯拉罕和其他埃及名人所寫的聖書手稿……等等。

他的故事說得越長，留下來聽的人就越少，現在只剩下不到二十個人還坐在椅子上了。但是，希區先生並沒有因為如此而收斂，反而更加囉嗦地繼續講下去。講到史密斯如何在一八三七年破產，又如何被他的股東在身上潑瀝青，被迫全身沾滿羽毛；而幾年後又如何東山再起，組織秘密教團，號召門徒三千，卻被迫逃往西部……。

聽眾只剩下不到十位。萬事通倒是一直坐著聆聽，聽到了史密斯經過無數次的迫害如何來到伊利諾州建立新城，如何成為市長，又於一八四三年，如何決定出馬競選美國總統，而後如何被人陷害關進牢裡被蒙面人所殺……

萬事通已經變成唯一的一名聽眾了，希區先生直盯著他，告訴他布來恩·楊如何繼承史密斯的遺志，在鹽湖地帶定居下來，而又如何使這裡變成美麗肥沃的土地，如何展成一個新的根據地。

希區先生說：「就是因爲這樣，美國國會才會仇視我們，派士兵來侵犯我們的土地，布來恩·楊被關進監獄，難道我會因此就屈服嗎？絕不！就算我們被趕出弗蒙特，被趕出伊利諾，被趕出俄亥俄，被趕出密蘇里，被趕出猶他，最後我們還是會找到一個不受拘束的土地，建立起我的的新根據地，在新的地方架起我們的帳篷。你呢？我虔誠的弟兄，你願意在我們摩門教的旗幟下搭起帳篷嗎？」

希區先生滿懷熱情地看著萬事通。

但是萬事通站了起來，丟下一句：「我才不要呢！」便逃出一百一十七號車廂，讓那個奇怪的老頭子繼續去對空椅子說教。

在佈道會舉行的過程中，火車始終在飛馳前進，不到中午十二點半就到了大鹽湖西北方，在這裡旅客們可以盡覽整個鹽湖風光。

鹽湖又被稱爲死海，與巴勒斯坦西南方的死海同名，在這裡也有一條同名的約旦河，河水盡數流入大鹽湖。湖畔有許多奇形怪狀的岩石，上面都覆蓋了一層厚厚的白鹽，湖面上一片平靜無波。

大鹽湖的面積長七十多英哩，寬三十五英哩，海拔三千八百英呎；據說以前大鹽湖的面積比現在還要大得多，但隨著時間演進，湖面越縮越小，湖底卻越陷越深。鹽湖的鹽分含量很高，固體鹽占湖水總重量的四分之一，在這樣的水裡，魚類是無法存活下去的。

在大鹽湖的四周，是一大片精耕過的土地，摩門教徒多是農業能手，將原本荒蕪的土地，耕耘得肥沃。如果在六個月後再到這裡來，就能看到許多飼養家畜的棚子和圍欄，玉米、小麥、高粱的田園和水草豐盛的牧場，野玫瑰的籬笆和刺槐樹叢，現在只能看見一大片茫茫白雪。

下午兩點鐘，旅客們在奧登下車，火車要等到六點鐘才會開車。福格和艾娥達等人，就有時間沿著鐵路支線，到城裡面去走走，好好地參觀一下這一座著名的「聖人之城」。

這座城市和許多其他的美國城市一樣，有著方正整齊的街道，全都是長長冷冷的線條，講求線條對稱，套一句雨果的話來說，全是「憂鬱蒼涼的直角」。

但是，這裡的居民顯然與高度文明的英國不同，他們把所有一切全都做成了四四方方，沒有美感，只有呆板。

福格先生一行人來到了城裡的大街，沒看到什麼教堂，只有先知祠、紀念館、法院和兵工廠。到處可見的是一些青磚砌成的屋舍，花園裡種著刺槐、棕櫚和角豆樹。整座城的周圍以黏土和碎石築起了一道城牆，是在一八五三年時築成的。

大街上有幾家旅館點綴其中，有名的鹽湖飯店就是其中之一。

街上幾乎沒有什麼行人，一直到達摩門教堂所在的城區才看見一些居民，大部分都是婦女，這也是摩門教一夫多妻制的特點。

雖然摩門教規可以一夫多妻，但是並不代表每一位摩門男教徒都會擁有好幾個妻子，要娶幾個老婆是個人的自由。在摩門教的信仰之下，單身女子是不會受到神的祝福，所以，猶他州的女孩子每個都希望能早一點嫁出去。

只是看起來這些女人，日子過得並不富裕，也不幸福。大部分的婦女都穿著印花棉布衣料，只有少數看起來像是有錢人家的婦女，穿著腰間開叉的黑綢短上衣，加上披肩或斗篷。

一直抱持獨身主義的萬事通，看著這些必須多女共事一夫的女子，心裡感到有點不可思議。他一直覺得養老婆是一件辛苦的差事，一個人要養那麼多老婆豈不累死？將來還得帶著她們一起上天堂，永永遠遠的和史密斯先知一起生活下去，真是沒完沒了，對萬事通來說，那根本不是極樂世界，而是悲慘世界了。

看來萬事通是一點也不想接受摩門教先知的感召了，可能是他自己有點多心，他覺得鹽湖城的婦女們看他的眼光，總讓人覺得有點不安。

所幸，他也沒多少時間可以待在這裡，快四點的時候，他們就全部回到了車站，萬事通彷彿解脫似地癱坐在椅子上。

火車的汽笛鳴起的時候，有一個人追在月台上大喊：「停下來！等一等！」已在行進中的火車，當然是不可能停下來的，那個人又叫又跑，氣喘吁吁地衝了過來。

萬事通好奇地看著那個人，好像才看完一場精采的賽事似的；他後來才知道，這個人是因爲和老婆吵架才逃了出來的，所以他特地走過去請教他有幾個老婆。據他估計，這個人既然跑得這麼急、這麼狼狽，少說也有二十幾個妻子在後頭追，才會這樣。

但那個人聽了，連忙說：「一個，先生。一個就夠我受了！」

第28章 列車飛越危險斷橋

火車衝過了吊橋，就像一道一閃而逝的閃電。就在火車越過吊橋的那一刻，整座梅迪西灣吊橋就轟然一聲，崩毀墜入梅迪西灣的滾滾洪濤之中。

火車約莫在一個多小時之後，來到了威伯河附近，從舊金山出發到現在，已經大約走了九百英哩，再往東去，就要穿過山勢險峻的瓦薩奇山區。當年這條鐵路的工程師就曾在這個山區裡遭遇到最大的困難，耗費了巨資的工程輔助金才勉力完成。這是由於他們並不想因爲鐵路工程而強行改變自然地勢，反而巧妙地順著地形慢慢地蜿蜒而上，繞過一座又一座阻礙通行的山脈，最後才將鐵路鋪向平原地區。整段鐵路只鑽過一個一萬四千英呎長的山洞而已。

越過大鹽湖後，就到達了全線標高的最頂點，而後便是一大段的斜坡，地勢急速下降，直到比特河盆地爲止，再往東行，就到了美洲大陸的中央地區。從這個地區不管要到太平洋岸或大西洋岸，距離都差不多。

這一帶山區最大的特色就是要經過的河川特別多，距離目的地越近，萬事通就越浮躁，也益發不耐煩。法克斯則甚至比福格本人還要著急，擔心路上再發生什麼意外耽誤時間，恨不得能立刻離開這個令人不舒服的地方，盡早回到英國去。

到了晚上十點鐘，火車來到了布里吉堡，可是未曾休息片刻，就繼續前進，而後就進入了懷俄明州，沿著比特河盆地而行。

第二天就是十二月七日，火車在清水河車站大約停了十五分鐘左右，前一晚所下的暴風雪，到了這天早上已經融化了一半，所以一點也沒有妨礙火車的行程。但是，萬事通還是感到相當煩惱，因爲雖然風雪並沒有完全阻礙了火車前進，但是車輪得要一直泡在泥水裡，這可不是什麼好消息，誰知道會不會發生什麼對這趟行程不利的事。

萬事通忍不住在心裡抱怨個不停：「我真搞不懂主人幹嘛偏要挑冬天出來旅行，等到天氣好一點再出門不就好了嗎？」

正當萬事通爲著日漸下降的氣溫和不斷惡化的天氣擔心同時，艾娥達正爲著另一件事而感到焦慮不堪。

艾娥達坐在車廂裡眺望著窗外，有一些旅客在清水河車站下車散步，突然，其中一個身影，抓住了艾娥達的視線，那個人正是史坦普，普洛克托上校。大家應該還記得這個人，他就是在舊金山曾經污辱過費雷斯．福格，福格還揚言一定要回舊金山找他算帳的那個人。

也正因爲如此，艾娥達內心感到非常焦慮，她是如此地關心福格先生，勝過自己的一切；

現在這個人就在車上，如果被福格先生發現了，雙方肯定會再次發生衝突的，萬一福格先生有什麼閃失，她是如何也無法忍受的。儘管目前艾娥達還不明白自己心裡是否已將對福格先生的感激之情變了質，但她完全沒有辦法不爲福格先生擔心，於是，她下定了決心，要想盡一切辦法不讓福格先生發現他的仇人。

趁著福格先生午休的時候，艾娥達將她內心的擔憂告訴法克斯和萬事通。

法克斯聽了不禁大叫：「什麼?那個傢伙也在車上?!夫人，您放心好了，他若是要找福格……先生麻煩的話，肯定會先來找我，畢竟在這件事裡，我還吃了比較大虧呢。」

萬事通則拍著胸脯說：「就算他是個上校，我也照樣能夠撂倒他。」

但是，艾娥達夫人並沒有解開她深鎖的眉頭，她說：「可是，法克斯先生，您要明白福格先生是絕對不會讓別人替他出頭的，他曾經說過，他總有一天會回到美洲來找那個人算帳，如果讓他見到了普洛克托上校，我們就沒有辦法阻止事情發生了。所以當務之急，就是千萬別讓他們兩個碰上了面。」

「您說的對，要是真讓他們兩個見了面可就麻煩了，不論福格先生是贏還是輸，都會延誤他回到英國的時間……」這下子連法克斯也開始傷起腦筋了。

萬事通不平地說：「不成，不成，那不就便宜了那些改良俱樂部的大爺們了嗎?再過四天我們就到紐約了，只要這四天裡別讓福格先生離開這個車廂，那麼福格先生就應該不會碰到那個該死的美國佬了！」

由於到了福格先生睡醒的時間，他也如時清醒，他們的討論只好暫時中斷。趁著福格先生透過結霜的玻璃欣賞窗外風景時，萬事通低聲地問法克斯：「喂！你當真願意替福格先生對付那個傢伙嗎？」

法克斯口氣堅定地說：「我會不計一切代價，讓福格活著回到歐洲！」

萬事通聽了，不禁打了個冷顫，但儘管法克斯如此信誓旦旦福格先生有罪，萬事通心裡仍對福格先生充滿信心。

那麼，到底有什麼方法可以讓福格先生一直待在車廂裡，不致於和那個上校碰頭呢？或許這也算不上一件太難的事，因爲這名紳士本來就不愛活動，更不愛看熱鬧。

最後，法克斯想到了一個好方法。

他對福格說：「先生，這趟火車之旅可真是漫長啊！」

福格回答：「是啊，不過，雖然過得慢，還是得過啊。」

法克斯拉著說：「記得，我在船上曾經看過您玩惠斯特牌？」

福格說：「是啊，可是這裡可就沒法玩了，既沒有牌，也沒有對手。」

法克斯說：「牌不是問題，美國火車上什麼都賣，我們肯定能買得到。至於對手……夫人，不知您是否碰巧會……」

「我會的，先生，我會打惠斯特牌，這也是我在英國學校裡所學的一門課程呢！」艾娥達夫人連忙配合法克斯，興高采烈地說著。

「這樣就成了，我很希望能磨練一下我的惠斯特牌技，不如我們三個一起來玩幾局吧，把最後一家空下來……」

「既然你們願意，我自然樂意相陪。」福格先生說，能夠在火車上玩到他最喜歡的惠斯特牌，他自然也感到相當高興。

找牌的事就交給萬事通，他跑去向車長借來了兩副牌和籌碼，外加一張玩牌用的小桌。艾娥達的牌技不弱，連一本正經的福格都曾稱讚她有幾手牌打得非常高明，至於法克斯更是玩牌好手，幾乎和福格不相上下。萬事通在一旁看著他們在牌桌上你來我往，心裡總算是放下一塊大石。

他心想：「這下總算把他給拖住了，他再也離不開那張牌桌子了。」

上午十一點鐘，火車到達了布里吉關，這裡的地勢高達海拔七千五百二十四英呎，是整段鐵路地勢最高的幾處山崗之一。約莫再走上兩百英哩，火車就能抵達那片一路平展到大西洋沿岸的遼闊平原。

在平原上修築鐵路，比起山區的工程來說，實在容易多了。平原上分佈著許多由北普拉特河所分支出來的支流，北方和東北方由落磯山的北部群山所圍繞，形成了一處廣大的半圓形盆地地形。鐵路右邊則是一處斜坡地，北方群山山脈的餘脈便由著此處往南延伸，也就是密蘇里河的重要支流之一阿肯色河的主要發源地。

到了十二點半，旅客們已經可以瞥見一座城堡的輪廓，就是俯瞰整片平原的哈萊克堡。經過這個路段，列車也將要離開落磯山山區，接下來的路程，應該可以平穩許多。

窗外的雪已經停了，氣溫降得更低，有隻巨鷹被飛快奔馳的火車驚嚇到，振翅飛向遠方的天空，到了平原區，路上不再有野獸出沒，沒有熊也沒有狼，只有一片景色荒涼的原野。

福格先生和他的「新牌友」就在車廂裡吃了一頓美味舒適的午飯，接著又繼續打起那永無止盡的惠斯特牌局。

突然，前方傳來一陣長長的哨音，火車也不知爲什麼原因而停了下來。

萬事通打開車窗，探頭出去看，他覺得很奇怪，因爲他並沒有看到什麼阻礙火車前進的東西，這裡又不是到了該靠站的車站。

艾娥達和法克斯都很擔心福格先生會想要下車去看一看發生了什麼事。可是，這名紳士仍專注在自己手上的紙牌，只對自己的僕人說了聲：「去看看是怎麼回事。」

萬事通立刻跑了出去，外面已經有許多旅客出來察看火車究竟爲什麼突然停下來，普洛克托上校就是其中之一。

火車頭前方擺了個禁止通行的標誌，火車司機和車長正在和一名負責看守道路的人員激烈爭辯。守路員大叫：「我說不能過就是不能過，太危險了，梅西迪灣大橋基座已經鬆脫，禁不起這列火車通過。」

萬事通鑽到前方去看了一下，前面距離約一英哩處的懸崖上架著一座吊橋，守路員強調吊橋上有好幾處繩索已經斷裂，如果強行通過的話，火車可能在半路就會和斷裂的吊橋一起掉落無底深淵。

但是，火車司機、車長和許多趕時間的旅客，則不斷大聲嚷著，他們一定要過河。普洛克托上校也自然是其中一個，只見他不只大聲吼叫，還不斷揮著手勢，看起來架勢十足。

萬事通不像這些冒冒失失的美國人，覺得守路員既然說不能通過，那肯定就沒法過，他一點也不想冒無謂的險。但是，他不敢把這件事情回去告訴他的主人，只能呆呆地站在那裡聽人家爭論不休。

普洛克托大叫：「那你就是說我們走不了囉！還是說我們得要在這裡露宿紮營？」

車長說：「上校先生，請稍安勿躁，我們已經發電報給奧馬哈車站了，他們會儘快派一列火車來，可是還不確定能不能在六點鐘以前到達梅迪西灣。」

「什麼！要等到六點鐘？」萬事通忍不住大叫一聲。

「是的，而且這段時間，我們必須步行到梅迪西灣車站。」車長繼續說著。

「爲什麼要這麼久？這裡距離車站不是只有一英哩左右嗎？」一名旅客不禁問道。

車長回答：「直走是一英哩沒錯，可是我們總得繞道過河才行。」

「難道不能搭船過河嗎？」普洛克托上校問。

「沒有辦法，這一段河道水流非常湍急，而且剛下過雨，河水上漲，最好還是繞過北方的一個淺灘過去，大概距離十英哩左右。」

上校聽了怒不可遏，破口放聲大罵，火車公司、工作人員等等全都被他罵了個狗血淋頭。萬事通對於車長的說法也相當不能諒解，差點也要跟著上校一起大罵一番了。

現在的狀況，主人就是有再多的錢，也解決不了問題。萬事通懊惱地想著。

所有的乘客由車長那裡得知自己的行程將會被嚴重延宕，而且還得冒著嚴寒在這冰天雪地的地方步行十五、六公里，都紛紛怨聲載道，咒罵不停；要不是福格正沈迷在惠斯特牌局之中，這些叫嚷聲一定會引起他的注意。

木已成舟，大勢已定，萬事通也不得不將此事向主人報告了。他垂頭喪氣地走回他們的車廂，這時，火車司機大叫一聲：「有辦法了！」

一名旅客立刻問：「什麼辦法？」

「我們可以衝過橋去。」

上校扯著大嗓門問：「開火車過去嗎？」

「沒錯，開火車過去。」

萬事通聽到司機的話，連忙停下腳步，看來事情有了新的發展。

車長大叫：「可是橋就快要塌了！」

司機說：「沒關係，我們把速度開到最大，說不定就能順利衝過橋去。」

「這是什麼鬼方法？」萬事通忍不住嗤之以鼻。

可是，有許多旅客覺得司機的這個方法可行，特別是普洛克托上校，他認為這是最好的方法，甚至還鼓譟說，有的工程師還可以讓加速的火車從沒有橋的河面上飛越過去。

「沒錯，我們一定有百分之五十的機會過得去。」一個旅客語氣興奮地說。

「豈止百分之五十，至少有百分之六十的機會。」另一個人接著說。

「百分之八十……說不定有百分之九十的機會。」

萬事通被這些旅客如此樂觀的態度完全嚇昏了！雖然他也是打定主意要不顧一切過河，但是這個方法也未免太「美國」了吧！再怎麼說也應該讓旅客先全部下車再說，這樣實在太冒險了，這些人到底有沒有腦子？

萬事通試著勸一名旅客，他說：「先生，我看這個主意實在有點冒險……」

但是，那名旅客很快地打斷他：「放心，有百分之八十的機會呢！」那名旅客說完就走，完全不再理會萬事通。

萬事通只好又走向另一名旅客，「雖然說有百分之八十的機會，可是您想想……」

那名旅客聳著肩，大聲回答：「沒什麼好想的，司機說能過去，我們就能過去。」

萬事通還是說：「是這樣沒錯，可是我們應該要更加謹慎一點才對……」

普洛克托上校聽到了萬事通的話，一股腦衝到了他的跟前：「什麼謹慎？現在最重要的是開快車！開快車！你懂嗎？」

萬事通囁嚅地說：「是……我懂，可是，我們還是再謹慎一點，重新計議……」

普洛克托上校：「哼！要謹慎幹嘛？我們根本不需要，大家說對不對？」

一時間全部的人都鼓譟了起來，誰也不聽萬事通說話。

普洛克托上校輕蔑地看著萬事通，說：「嘿！小子，你該不會是害怕了吧？」

聽了這句話，萬事通心裡一萬個不服：「怕？笑話，我會怕？算了，我就讓你們這群人看看，我一個法國人也可以比你們還要『美國』！」

車長大喊：「上車了！上車了！」

「上車，上車，就聽你的，可是我還是覺得先讓旅客步行過橋，再讓火車開過去比較合理……」萬事通一邊上車，一邊喃喃自語，反正也沒人肯聽他這個比較合理的建議。

萬事通回到了車廂，什麼話也沒說，有氣無力地坐在自己的座位上。那三位惠斯特牌迷仍玩得不亦樂乎，對於外面發生的事渾然未覺，也無心去管。

火車發出了一陣汽鳴，接著便開始後退至差不多一英哩的地方，而後響起了第二聲汽笛聲。煤廂裡不斷塡入煤炭，活塞不斷地加速運作，火車的車速不斷加快、加快，幾乎是以時速一百英哩的速度在前進。

眼看著已經到了前面的吊橋，火車仍在不斷加速、加速；火車駛上了橋面，繼續不斷加速；火車終於衝過了吊橋，就像一道一閃而逝的閃電。

簡直像是飛過橋面的列車，仍不斷地向前衝去，直到越過車站約五英哩的地方，司機才將火車停了下來。

就在火車越過吊橋的那一刻，整座梅迪西灣吊橋就轟然一聲，崩毀墜入梅迪西灣的滾滾洪濤之中。

第29章 印第安人搶劫火車

列車遭到一群蘇族印第安人攻擊，上百個人衝上踏板，就好像馬戲班裡表演的小丑般爬上車廂。槍擊聲和叫喊聲不絕於耳，許多車廂都變成了一個個小小的防禦堡壘。

一路上，列車行進地相當順利，當天傍晚就經過了索德斯堡，接著很快地穿過夏延關來到了伊文思關。這個路段可以說是整條鐵路線最高的一段，海拔高達八千零九十一英呎。

之後，火車便一路奔進了平原區，直達大西洋海岸。在這段平原路線上，還有一條主要支線通往科羅拉多州的丹佛市。這座城市富含金銀礦，居民達五萬多人。

打從舊金山出發到現在，火車已經走過了一千三百八十二英哩，經過了三天三夜；再過四天四夜就能到達紐約了，也就是說，費雷斯．福格目前仍是以既定的速度行進。

夜裡，火車通過瓦爾巴營區右側，洛基布林河沿著科羅拉多州和懷俄明州州界，與鐵道並肩而行。十一點鐘的時候，火車終於進入了內布拉斯加州，停靠在普拉特河南側支流的朱爾斯堡。

在一八六七年十月二十三日時，聯合太平洋鐵路公司於此地舉行了通車典禮。

當時負責的總工程師就是道奇將軍，他利用了兩個強力火車頭拖來了九節客車廂，將包含杜蘭副總統在內的許多觀禮賓客運送而來。典禮中特地表演了一場由蘇族和波尼族所演出的印第安戰爭秀，引起滿堂喝采；典禮後還施放了許多光芒四射的煙火。最後更利用手提式的印刷機，印出了第一份《鐵路先鋒報》，場面盛大且隆重。

這條鐵路，可以說是一條進步與文明的道路，貫穿了荒涼的原野，串連了許多新興城市；火車發出的汽笛聲響更勝於安菲昂的七弦琴，更多新城市在美洲大陸上被開發出來。

早上八點鐘時，距離奧哈馬只剩下不到三百五十七英哩了，火車沿著普特拉河彎曲的河岸前進；大約到了九點鐘，來到了南北普拉特河匯聚的城市北普拉特。這兩條大河匯流之後，將在奧馬哈北面與密蘇里河會合。

此時，路程已經越過了一百零一度經線了。

福格仍在和法克斯和艾娥達一起玩惠斯特牌。本來法克斯小贏了一些，但後來就連輸了不少，但是他仍然興致不減。福格早上的運氣特別好，滿手王牌，他正打算冒險打出黑桃大牌時，有一個人開口了。

那個人說：「要是我的話，就打方塊。」

三個人聞聲均抬頭一看，想不到竟是普洛克托上校！

普洛克托和福格兩人相見分外眼紅，一下子就認出對方來。

「原來是你啊，英國先生，想不到你竟會想打黑桃。」普洛克托上校的大嗓門，語氣十足的輕蔑。

「我就是要這麼打。」福格打出一張黑桃十，冷冷地說。

「誰都知道應該要打方塊，你到底會不會打牌？」上校氣得大吼，還想伸出手去搶那張打出的牌。

「我會的可不只打牌而已。」福格一臉無畏地站起身來。

「好啊，你就來打打看啊！該死的約翰牛！」上校蠻橫粗魯地大叫。

艾娥達一臉慘白，彷彿全身的血液都流回了心臟，她緊抓住福格的手臂，卻被福格輕輕地推開。萬事通一看這個囂張的上校就不滿，正準備朝那個滿臉侮蔑之情的美國人撲過去。此時，法克斯站起來，對上校說：「這位先生，你該找的對象在這裡，因為你不但污辱我，還打了我！」

但是，福格先生冷靜的聲音率先開口。

他說：「法克斯先生，請您諒解，這是我個人的事。這位先生竟敢說我打錯牌，再一次污辱了我，我得親自找他算帳才行。」

「哼！看看是誰找誰算帳，時間地點隨你挑，武器也給你決定！」上校霸氣十足地說。

艾娥達想拉住福格，可是無效；法克斯企圖干涉，同樣也是白費力氣。最沈不住氣的萬事通，想要衝過去把那個自大狂美國上校丟到窗外，但是被他的主人揚手阻止了。

福格領頭走出車廂，上校也跟著他走了出去。

福格說：「先生，由於我急於趕回歐洲，所以，我並不希望有任何的延誤。」

上校說：「那又怎麼樣？」

福格仍舊維持著自己的禮貌：「先生，在舊金山時我就已經計劃好了，一旦我回歐洲辦妥事情，就會回到美洲來找你。」

「哼！是嗎？」

「所以你願意與我約定六個月以後再碰面？」

「你幹嘛不乾脆說六年算了？」

「我是說六個月，到時候我一定準時赴約。」

「鬼才信你，想找藉口就說嘛！要就現在解決，不然就甭談了。」

福格也不再多說：「好，就現在解決。你要到紐約嗎？」

「不去。」

「那芝加哥？」

「也不去。」

「那麼到奧馬哈？」

「不去，你管我要去哪裡？你知道李樹溪嗎？」

「不知道。」福格回答。

「就是下一站，火車會在那裡停十分鐘，足夠我們交換好幾槍了。」

福格說：「好，我就在李樹溪下車。」

上校冷哼一聲：「我看你是上不了車了。」

「這可不一定，先生。」福格說完就轉身走進了車廂，從頭到尾他都同樣冷靜平和。

回到車廂裡，艾娥達滿臉擔憂的神色，她最害怕的事情還是發生了。

福格安慰著她：「放心好了，那種虛張聲勢的紙老虎沒什麼好怕的。」

他又請法克斯擔任他決鬥時的助手，法克斯當然也不好拒絕。福格拿起桌上的牌，若無其事地繼續進行後面的牌局，而且毫不猶豫地打出黑桃。

十一點鐘時，火車到了李樹溪站，福格站起身人走了出去，法克斯和萬事通也跟在後面，萬事通身上還帶了兩把手槍。艾娥達夫人則是面如死灰地，獨自一人待在車廂裡。

就在福格和普洛克托上校打算走下火車的時候，車長跑了過來。

他上氣不接下氣地說：「先生們，請別下車。」

上校問：「爲什麼？」

車長說：「車子已經誤點了二十分鐘了，所以這一站臨時決定不停。」

福格說：「可是，我與這位先生約定在這裡決鬥。」

車長一臉無可奈何地說：「我很抱歉，您聽見鐘聲已經響了。」鐘聲果真響了起來，火車也跟著緩緩啓動。

車長一臉歉意：「很抱歉，如果時間上允許，我一定會成全您二位的，不然你們可以在火車上進行，這我就幫得上忙了。」

「我沒問題，就怕這位先生會覺得不妥。」上校語帶嘲弄地說。

福格冷冷地回答：「悉聽尊便。」

於是，車長領著兩位紳士往最後一節車廂走去。

萬事通心想：「這個列車長可真夠通情達理啊，我們果然是在美國沒錯。」連忙跟上自己主人的腳步。

他們一行人來到了最後一節車廂，車廂裡只有十幾位旅客。

當車長向旅客詢問是否能借用這個車廂讓福格和普洛克托決鬥時，旅客們雖然驚訝，卻也樂於成全，於是全都陸續離開了車廂。福格和普洛克托上校就站在走道的兩端，距離約五十英呎，兩人各帶了兩把六連發手槍，由兩名助手將車門關上，等待第一聲汽笛鳴響開槍，幾分鐘後再把倒下的那個人拖出來。

整件事說起來相當單純，簡單得讓法克斯和萬事通心跳得快迸出來。

就在大家屏氣凝神地靜待第一聲汽笛時，突然從車外傳來一陣野蠻的呼喊聲，夾雜著轟隆的槍響。那些槍響並不是由決鬥車廂裡傳出來的，而是一直延伸到車頭，幾乎整列火車上都聽得到。列車內也響起了一陣陣驚恐的叫聲，福格和普洛克托上校拿著槍就往前頭的車廂衝去。

列車遭到一群蘇族印第安人攻擊，這些印第安人已經不是第一次攔劫火車了，他們不用等列車停止，就有上百個人衝上踏板，就好像馬戲班裡表演的小丑般爬上車廂。為首的印第安人身上帶著步槍，意圖佔領火車頭，司機等工作人員全被他們以棍棒打昏在地。但是他並不知道如何駕駛火車，所以本來要關上汽門使火車停下來，他卻反而拉開汽門，使得列車以驚人的速度開始奔馳了起來。

其他的蘇族人陸續地攻進了旅客車廂，許多行李財物，都被他們由窗戶扔了出去，幸好大部分的旅客們都有攜帶自衛的武器，大家都拚了命在抵抗著這些突如其來的入侵者。

槍擊聲和叫喊聲不絕於耳，許多車廂都變成了一個個小小的防禦堡壘，被加速的火車頭以時速一百英哩的速度拖著向前跑。

獨自一人在車廂裡的艾娥達夫人，從事情發生開始就表現得相當勇敢，她拿著槍，毫不猶豫地朝著企圖攻進來的印第安人開槍。

許多印第安人被擊中，跌落車底，命喪輪下，不過，也有許多乘客，傷勢慘重，癱在椅子上一動也動不了。

戰鬥已經進行了大約十幾分鐘了，如果火車不能在科尼堡附近停下來，錯過了美國軍隊駐紮在科尼堡的軍營保護，火車上的人必定會被蘇族人洗劫一空。

車長一直和福格一起並肩作戰，但是一顆天外飛來的子彈將他狠狠地擊倒在地。他倒下去時大叫：「要是五分鐘之內車沒停下來，我們大家就全都完蛋了。」

福格說：「車會停下來的。」

他說完就要衝出車站，但是萬事通攔住了他。

萬事通說：「先生，請您留在這裡，一切交給我好了。」

福格還來不及阻止，萬事通就由車窗溜了下去，他的行動相當敏捷，並沒有被激鬥中的蘇族人發現。

萬事通在車廂底下爬行，以他從前在馬戲團裡練來的身手，巧妙地爬過一節又一節的車廂，終於來到了行李車和煤車之間。他只能用一隻手攀著車緣，身體幾乎懸空，以另一隻手鬆開連結的掛勾鍊條。

可是，火車頭的力量如此之大，加下現在車速又那麼快，要單靠他的力量是永遠拉不開的。幸好這時候火車頭突然震動了一下，由於這個搖晃，使得鐵勾被震鬆了，而後終於被他趁勢扯開。

列車漸漸與火車頭分離，速度慢慢地減緩下來，相對的火車頭反而更加快速地往前駛去。在一名旅客的幫忙下，將煞車舵盤不斷扭緊，終於，列車在距離科尼堡車站不到一百步的地方停了下來。

士兵們已經聽到了槍聲，全數武裝地衝了過來。蘇族人趁亂落荒而逃，列車上的旅客總算逃過了一劫。

但是當他們站在月台上清點人數的時候，發現有一些人不見了，其中也包括了那名義勇拯救了全車旅客性命的法國人。

第30章 從印第安人手中救出萬事通

到了晚上，搜救隊還是沒有消息，福格先生能夠順利回來嗎？他找得到那些印第安人嗎？是否發生了激烈的爭戰？還是說在濃霧裡迷失了方向呢？

連同萬事通在內，一共有三名旅客不見蹤影。他們是在方才的戰鬥之中被殺害了嗎？還是被蘇族人捉去了呢？誰也沒有一個答案。

車上的旅客大多傷痕纍纍，幸好沒有什麼致命傷害。普洛克托上校大腿上中了一彈，在戰鬥之中，他表現出軍人本色，英勇地對抗印第安人。所有受傷的旅客都被送到車站裡面接受治療。法克斯受了點輕傷，福格雖然同樣在戰鬥之中全力以赴，但他的身上一點傷痕也沒有。艾娥達夫人幸運地平安無事，可是她正爲失蹤的萬事通感到傷心流淚。

火車上，處處可見戰鬥的痕跡，連地上的白雪也沾了斑斑的血跡。遠遠地還可以看見落荒而逃的印第安人身影，最後消失在南方的共和河河岸。

福格站在月台上，望著遠去的塵囂，雙手背在身後，一動也不動，彷彿正在考慮著什麼重要的事情。艾娥達含淚的眼眸，默默地望著他。

福格明白她的心意，如果萬事通真的被印第安人捉去，難道不應該不顧一切地救他回來嗎？最後福格下定決心，「不論他是死是活，我都要把他找回來。」

這名年輕的夫人，滿懷感激地握住福格的雙手，眼淚汩汩地流了下來，滴落在兩人的手上。福格堅毅地說著：「他不會死的！我們要把握每一分鐘。」

費雷斯．福格做出如此的決定，等於是賭上了他所有的身家財產。他正在進行刻不容緩的旅程，只要拖延了一天，他就不能及時趕上由紐約開往英國的郵輪，那麼，他將會輸掉那場賭注。但是，他的良心促使他不能丟下他忠實的僕人不管。因此，他毫不猶豫地做出這樣的決定。

科尼堡的指揮官已經召集了一隊約一百多人的兵馬，準備防範隨時可能來攻的蘇族人。福格來到他的身邊，說：「先生，一共有三名旅客失蹤了。」

指揮官問：「死了嗎？」

「生死與否，目前不得而知，也可能是被蘇族人俘虜了。現在時間非常緊迫，您是否準備要前去追擊這些印第安人？」福格說。

指揮官說：「這件事非同小可，這些印第安人可能已經跑到阿肯色河那裡去了，我不能丟下整座軍營不管啊。」

福格的語氣變得更爲堅定，他說：「先生，這件事關乎到三條人命。」

指揮官說：「話雖如此，可是叫五十個人冒著生命危險去救三個人，這麼做行嗎？」

福格說：「我不知道行不行，但是您應該去做。」

指揮官變了臉色：「先生，在這裡沒人能教我怎麼做。」

福格冷冷地回答：「好，那我自己去！」

「你要自己去？去追那些印第安人？」法克斯聽到福格所說，連忙走了過來。

「車上的所有人性命，全是萬事通所救，我不可能眼睜睜地看著他死在印第安人手裡。所以，我一定要去。」

「想不到你是這樣一位好漢……好！我派人跟你一起去。來人，我要三十名志願者。」

指揮官對著自己的士兵下令，立刻有許多人自願出列同福格去救人。

福格看著一列整齊的軍容，說：「謝謝您，先生。」

法克斯走上前來，「我和您一道去吧！」

福格說：「您想去就走吧，不過，如果您真的想幫我忙的話，我希望您能在這裡陪伴艾娥達夫人，萬一我不幸……」

法克斯的臉白了一半，他現在才想起福格要去救萬事通的行動，代表了什麼意義。這個他千里迢迢追過了大半個地球的人，現在竟要不顧一切，到那荒蕪人煙的野地去冒險！

法克斯的心裡相當矛盾，儘管他對福格仍懷有偏見，但是看著福格冷靜自若的神色，他終於點了頭。他說：「好吧！我留在這裡。」

福格將旅行袋交給艾娥達，向她輕聲握手道別後，便跟著軍隊踏上征途。臨行前，他對同行的兵士說：「如果能夠順利地將人救回來，你們就能得到一千英鎊的賞金。」

車站裡大鐘的指針剛過十二點，艾娥達望著福格離去的背影，直至看不見爲止，而後才走進車站裡。在她心裡，義勇救人的福格先生，始終是一位不折不扣的英雄。

不過，法克斯的心裡則一點也不這麼想，他覺得福格一定是趁著這個機會逃走了。他不斷地責怪自己，怎麼會笨得相信他的話，讓他離開自己的視線，萬一他真的不回來了，他又該到哪裡去抓他，白白浪費口袋裡的那張拘票。

這位英國警探，就這麼在車站裡胡思亂想，看著大鐘指針久久才動了一下，不禁心亂如麻，煩得不得了。他想，是不是要把所有的事情告訴艾娥達夫人，但是他也知道這名年輕女子是絕對不會幫他的。那怎麼辦呢？要不要追上去呢？雪上的足跡應該還清楚可見吧！

就在他這麼想的當頭，天上又下起雪來，將所有的痕跡全都覆蓋住了。這下子，法克斯也沒辦法了，他只能繼續待在這裡苦等。

到了下午快兩點鐘的時候，外面還在下著雪，這時車站東方竟傳來一陣汽笛聲。大家都很好奇是什麼東西發出的聲音，因爲向其他車站臨時調度的火車頭不可能這麼快就到站，至於下一班由奧馬哈開往舊金山的火車，最快也要隔天才到。

但是，由東面緩緩駛來的那個黑乎乎的龐然大物，確確實實是一輛火車頭。

原來這就是這列火車原本的火車頭。由於萬事通冒死鬆開掛勾之後，這輛火車頭就將列車拋開，以驚人的速度繼續往前開，直到煤全燒得差不多了，速度才了下來，終於在距離科尼堡二十英哩的地方停住。

此時，被擊昏的司機等人醒了過來，意外發現車頭後的列車不見了，雖然不知道列車究竟是如何和車頭分開的，但他們慢慢地聯想起可能發生了什麼事，也知道列車一定停在後面鐵軌的某處。於是他們決定往回走，這個決定相當冒險，因為列車可能已經被印第安人全面佔領了，但是他們還是在鍋爐裡添滿了煤炭，加足了火力，將車頭倒開。約莫在兩點鐘左右才回到了科尼堡車站。

旅客們看見車頭和列車再度連結妥當，都感到相當高興，因為這代表著他們的旅程又可以繼續下去了。

艾娥達來到月台，她詢問車長：「車要開了嗎？」

車長說：「沒錯，夫人，馬上就開。」

艾娥達相當震驚地說：「可是那些被捉去的人怎麼辦？他們還沒回來啊！」

但車長堅持地說：「我們不能讓火車停在半路，更何況我們已經誤點三個小時了。」

「那麼下一班車什麼時候會到？」艾娥達又問。

「明天晚上，夫人。」車長回答。

「明天晚上！不行，那就太遲了，你們一定得等一下……」

「很抱歉，沒辦法再等了，夫人，如果您要走的話，就請快上車吧。」車長已經做好發車的準備。

「我不走。」這名年輕的夫人，以無比堅決的態度說。

艾娥達和車長的對話，法克斯全都聽見了，他當然可以立刻跳上火車，盡早結束這趟荒謬的旅程，但是他卻好像兩隻腳被釘住了似的，一步也走不了。他恨不得能馬上離開這個鬼地方，但是又下不了決心離開，內心的掙扎令他益發惱怒。

原本在車站裡療傷的旅客，包含普洛克托上校在內，全都上了車。鍋爐已加足了馬力，火車早已蓄勢待發。司機拉響了汽笛，火車緩緩地向前開動，逐漸加快速度，最後終於消失在大雪紛飛的原野裡。

法克斯終究還是沒有上車。

接下來，一連好幾個小時，雪都沒有停過，天氣越來越冷了。他一個人靜靜地坐在車站裡的一張有靠背的椅子上，閉目沈思著，久久不動，好像睡著了似的。至於艾娥達則不顧惡劣的天氣，不時走出去，在月台上張望，希望能夠看見什麼、聽見什麼。但是屢屢讓她失望了，雪太大了，霧太濃了，什麼也瞧不見，什麼也聽不見。

到了晚上，搜救隊還是沒有消息，福格先生能夠順利回來嗎？他找得到那些印第安人嗎？是否發生了激烈的爭戰？還是說在濃霧裡迷失了方向呢？坦白說，駐紮科尼堡的軍隊指揮官內心也頗爲著急，但是他儘量不露出憂心的神色。

深沈的黑幕籠罩了大地，雪勢轉小，氣溫卻更低了，萬里內無人煙走獸，一片靜寂，艾娥達的心裡充斥著種種不祥的預感和濃濃的憂傷。她在車站邊黯然地徘徊，幻想自己飛越了這片荒涼的雪地，看見了數不盡的艱險，在茫茫的黑夜之中，獨自一人，內心飽受哀愁啃食，她心中的痛苦是難以形容的。

法克斯始終坐在那個位置上，他也同樣睡不著覺，就這麼坐著，靜待天明。

灰暗的天色，總算露出些許的曙光，隱隱可以看見太陽的輪廓，在濃霧中緩緩升起。已經早上七點了，搜救隊往南出發的方向，仍舊沒有任何人蹤。

指揮官幾經考慮，決定再派一隊人馬到南邊去偵察一次。

就在這個時候，傳來一陣槍響。

是信號嗎？幾乎所有的官兵都衝出了來。大家舉首翹目地往南方看去，一隊人馬步伐整齊地朝車站走來。

走在最前方的正是費雷斯．福格，而後跟著的是失蹤的萬事通和另外兩名旅客。當搜救隊來到了科尼堡南邊約十英哩的地方，發現萬事通與那兩名旅客已經和蘇族人起了衝突，福格和同行的士兵連忙趕過去支援，果然順利將那些印第安人趕走，成功救回俘虜。

整個車站的人都歡呼起來了，福格將先前答應的獎金發給搜救隊的士兵。

萬事通看見主人的大手筆，不免又叨唸了起來：「唉！說真的，主人真的在我身上花了太多錢了！」這句話說得一點也沒錯。

艾娥達緊握著福格的雙手，激動得幾乎說不出話，昨夜整夜的擔心終於全部放下了。

萬事通東張西望的看著，對於鐵軌上不見火車蹤影一事，感到頗爲不解。

他叫嚷著：「咦?火車呢？」他還想說一回來就能搭上車趕往奧馬哈呢！

法克斯說：「開了。」坦白說，這名警探心裡百味雜陳，說不清自己對於眼前的狀況有什麼看法。

福格問：「那下一班車什麼時候會到。」

法克斯說：「今天晚上。」

福格只是簡單地「喔」了一聲，沒有再說什麼，從他的神情中，一點也看不出憂喜。

第31章 乘雪橇趕路

雪橇在雪地裡不斷飛馳，整片大地猶如杳無人煙的大雪島，偶爾看見一兩棵樹木一閃而過，就像是立在雪中的死人枯骨，在寒風中搖曳著。

聽見整個行程將被整整延遲至少二十個小時，萬事通不禁沮喪至極。全都是爲了他，這次他可真的把主人給拖累了，萬事通在心裡不停地自責。

這時法克斯走近福格身邊。

他問：「先生，您是真的趕時間嗎？」

福格回答：「我確實急著走。」

法克斯又接著說：「這麼說，您是一定要趕在十一日晚上九點以前到達紐約，趕上那班開往利物浦的郵輪？」

「沒錯，我勢在必行。」福格的聲調既沒提高也沒降低，還是一如平常。

「如果沒有遇到印第安人攻擊的事件，您應該能準時上船吧？」法克斯又問。

「是的，如果順利搭上火車，那麼在開船前十二個小時，我就會抵達紐約了。」

「現在您已經延誤了二十個小時，也就是說距離上船的時間只剩下八個小時了。我再請問您，您願意不計代價將這八個小時補足嗎？」

「是的，您建議步行嗎？」福格問。

「不，搭雪橇。」

原來，昨天晚上法克斯與艾娥達夫人在車站等候時，有一個名叫麥基的美國人，曾經向法克斯詢問，看他想不想租用他的雪橇。當時法克斯還不知福格他們何時回來，所以拒絕了，但是現在前不著村，後不著店，如果要在八小時內趕到紐約，非這麼做不可了。

福格跟著法克斯來到麥基的小茅屋裡，裡頭停了一架看起來相當奇怪的交通工具。外形看起來很像車子，但底下沒有車輪，而是兩根長長的木頭，座位上方掛了一張很大的方帆，最後面還有一個單櫓作爲木舵，可以像駕船一樣地控制方向。

這正是所謂的單桅船式雪橇，在冬季冰原上，遇上大雪使得火車無法行駛時，這是很便利的交通工具，可以從這一站快速地滑向另一站。

雪橇上的布帆比一般快艇上用的帆大得多，由後頭吃住迎來的風雪，就能在冰地上疾馳，速度就算比不上特快車，也和一般快車相去不遠。

福格立刻決定利用這種交通工具，麥基強調現在風向正順，在西風的強力吹送之下，他們一定能趕在火車到站之前到達奧馬哈車站。就算趕不上這班車，也能在奧馬哈這個交通樞紐大站，轉搭其他開往芝加哥或紐約的列車，這樣一來，他們就能補足失去的時間了。

當然，能不能搭得到車，還是得碰碰運氣，可是事已至此，顧不得牽掛太多了。於是，福格很快地就和麥基談好價錢，準備即時出發。

然而，搭乘雪橇的風險不是沒有，所以福格並不想讓艾娥達夫人也跟著他一起受苦，想想她嬌弱的身骨，如何能受得了在雪中快速奔馳的雪橇船呢？於是，他打算讓萬事通陪她在這裡等下一班火車，然後再由這個老實的小伙子護送她到歐洲去。

這個提議當然被艾娥達夫人鄭重拒絕了，因爲她說什麼也不願意和福格先生分開。這樣的結果，萬事通倒是樂見其成，因爲他也不想離開主人身邊，特別是法克斯還在監視著福格先生的時候。

至於法克斯此刻心裡的感受，可說是一言難盡。他是否仍認定費雷斯．福格是個無惡不做的大流氓、可恨的盜賊？還是說他的信心已經動搖？

對法克斯來說，儘管在多日的相處下來，他漸漸發現福格與他想像中有點不同，但無論如何，他是不放棄自己的職責的，哪怕是只有一點點的可能性，他都要想辦法早日回到英國，才能查明真相，寧可錯殺一百，不可錯放一人。

於是到了八點鐘，一行人準備妥當便搭上了雪橇。每個人都用旅行毯層層裹住，裹得緊緊的，這樣雪橇行進時，才能勉強抵擋住風雪。

雪橇上張起了大帆，以時速四十英哩的速度，在雪上奔馳。

由科尼堡到奧馬哈的直線距離不過兩百英哩，如果風向維持不變，頂多五個小時就能跑完；也就是說，如果途中不再碰上任何意外，就能在下午一點鐘左右抵達奧馬哈。

真是一段驚險的旅程，乘客們一個個緊緊地靠在一起，風雪太大，雪橇跑得又快，每個人都凍得連開口都沒辦法，更遑論互相交談。幸好雪橇在雪地上滑行的狀況相當順暢，甚至比起一般小艇都要來得穩當，不算太過於顛簸。

雪橇上的大帆，吃足了西風，加大了整個推動力，雖然還沒有辦法以科學的方法計算出雪橇的速度，但是據估計至少也有時速四十英哩以上。

麥基大吼：「順利的話，我們一定能準時到達。」

麥基算是使出了渾身解數來駕駛這輛雪橇，因爲福格已經承諾了，如果能準時到達，他就能得到一大筆賞金。

雪橇筆直地穿過這片猶如一望無際大海的平原。鐵路由西南向東北繞了個大圓弧，沿著普拉特河右岸，經過大島市、內布拉斯加州最大城哥倫布市、斯開勒、弗列蒙，最後到達奧馬哈市。雪橇則是在圓弧內直線穿越，由弗列蒙抄捷徑，因爲河水早就結冰了，所以一路平坦，一點阻礙也沒有。

在這趟旅程中，福格只需要擔心兩件事：一是雪橇不要出毛病，二是風向別改或是風力減弱。不過風勢倒是一點也未曾減弱，反而越颳越強。綁著桅桿的鋼索幾乎快被吹彎了，還像弦樂器一般，發出一聲聲類似被琴弓拉出的弦響，雪橇就在這和弦似的伴奏下，飛快地向前推進。

「這弦響聽起來應是五度和八度音程。」這是福格在雪橇上唯一說的一句話。

艾娥達夫人緊緊地裹在旅行毯裡，和她同行的旅伴，每一個都挨在她的身邊，爲她抵擋住猛烈的風雪。萬事通的臉頰被風吹得紅通通的，活像是沈浸在薄霧裡的夕陽般；雖然臉上吹拂得寒風刺骨，但他漸漸地又恢復了信心，他覺得雖然他們不能在一大早就趕到紐約，但就算晚一點到，也還是能趕得上那艘開往利物浦的郵輪。

萬事通甚至想向法克斯握手道謝呢！因爲要不是這位警探，他們還沒辦法想到這個搭雪橇的主意呢。但是他轉念一想，福格先生絕對不可能是法克斯所形容的那名惡賊，他知道法克斯一直沒有放棄想逮捕福格先生的念頭，想到這裡他就不願意去和法克斯握手了。

他想起福格先生是如何不顧危險，英勇地從蘇族人手中將他救出來，不惜以自己的身家性命去冒險，這種自我犧牲的精神，讓他銘記在心，他永遠不會忘記這樣的恩情。

永誌不忘！永遠不會忘記！萬事通在心中暗暗起誓。

雪橇在雪地裡不斷飛馳，路途經過了許多小河和池塘，但是雪橇上的乘客完全毫無所知，因爲不論是田野還是河流，全都被大雪掩蓋成一片雪原了。整片大地猶如杳無人煙的大雪島，沒有村莊，更沒有車站，連駐紮的軍營都沒有。偶爾看見一兩棵樹木一閃而過，就像是立在雪中的死人枯骨，在寒風中搖曳著。

有時，野鳥群突如其來地成群飛起，驚嚇了雪橇上的旅客；還有一次，有一群飢餓的狼群出現，萬事通緊張地握著手槍，以防萬一雪橇在追逐的狼群中突然壞了，他們就得成爲野狼的腹中餐。幸好，雪橇一點異狀也沒有，一路順暢地滑行，很快地就將那群餓狼遠遠地拋在後頭了。

不到一點鐘時，麥基已經判斷出他們將要抵達奧馬哈車站了，他將大帆收了下來，雪橇在沒有張帆的情況下，繼續急駛約半英哩的距離，最後停了下來。

麥基指著一個被白雪覆蓋的屋頂說：「我們到了。」

終於到了，真的到了。

遠遠地就能看見有列車停靠在月台上。法克斯和萬事通率先跳下雪橇，活動了一下筋骨，再幫忙福格和艾娥達下來。

福格大方地付了賞金，大夥兒便告別麥基，趕往奧馬哈車站。

奧馬哈是內布拉斯加州的重要都市，也是密西西比盆地的重要交通樞紐。從這裡到芝加哥，有一條名爲芝加哥岩島鐵路的東行路線，沿途總共有五十多個停靠車站。

福格等人立刻登上一列即將開往芝加哥的火車。儘管他們一眼也沒見到奧馬哈市的市容，但萬事通可一點也不後悔，他知道現在根本不是參觀奧馬哈的時候。

火車以極快的速度奔往愛荷華州，路經康索布拉夫、德蒙與愛荷華城，在當天夜裡就越過了密西西比河。而後火車由岩島進入伊利諾州，於第二天也就是十二月十日下午四點鐘抵達了芝加哥。這座城市已由廢墟之中重生，屹立於美麗的密西根湖畔。

從芝加哥到紐約只剩下九百英哩了，由此開往紐約的列車相當多，福格等人一下車馬上就又跳上了另一輛隸屬於匹茲堡—韋恩堡—芝加哥鐵路公司的輕便車。列車飛快地出站，以全速前進，彷彿知道車上的這名紳士正趕時間似的，像閃電般越過了印第安那州、俄亥俄州、賓州和新澤西州，一路經過了許多命名古典的新城市，其中一些城裡甚至只有馬路和電車，連房屋都還沒建起呢。

最後，就在十二月十一日晚上十一點十五分，火車總算到了哈德遜河右岸的車站，也就是他們終於抵達了英國與北美皇家郵輪公司的碼頭。

但是，那艘開往利物浦的中國號，已經在四十五分鐘以前開走了。

第32章 福格誓與惡運搏鬥

福格真的遇上前所未有的大難題了，第一次遇到這種連錢都使不上力的局面。然而非得想辦法渡海不可，現在就算肯冒險坐熱汽球也行不通了，無論如何還是得搭船去。

中國號開走了，彷彿將費雷斯．福格的最後一點希望也帶走了。

此刻碼頭上其他輪船公司的船隻，都不能及時讓福格先生回到英國。比方說法國大西洋輪船公司的貝雷號雖然也是一艘無論速度、舒適度都相當好的船，但是得等到十二月十四後才能開船；而漢堡公司的船也是一樣，並非直抵利物浦而是開往哈佛，如果要再由哈佛渡海到南安普敦，這中間的時間耽擱，也將使福格的最後努力成了白費力氣。

至於其他公司的船則完全不需要考慮，不是太慢就是要繞道，福格翻遍了《布雷蕭旅行指南》，上頭有每日往返大西洋船隻的動態，就是找不到一艘符合需求的船。

想不到竟然只差了四十五分鐘，萬事通現在簡直生不如死了，因爲會趕不上船，全都是他的錯。他的任務本來是要爲主人助上一臂之力的，竟然反而處處闖禍，想起從出發至今，主人爲了他一共花了多少錢，他的心就痛得像被針刺到了似的。

現在，不只那筆賭金得不到，福格先生可能還會因此破產，一切全都將化為烏有，萬事通一想到就覺得自己大罵一百遍都還不夠。

但是，福格卻絲毫沒有責怪他的意思，只說了句：「明天再說吧！」便帶著艾娥達等人搭上澤西市的渡輪，越過哈德遜河。他們來到百老匯大街的聖尼古拉旅館住宿一晚，這一夜，除了福格睡得很好之外，其餘的人全都因為滿懷心事而輾轉反側、夜不成眠。

第二天，也就是十二月十二日，早上七點整，距離二十一日晚上八點四十五分，只剩下九天又十三個小時四十五分鐘了。如果福格他們能夠及時登上中國號，那麼他們就能如期抵達倫敦。可惜事與願違，現在他們非得另外想辦法不可。

一大早，福格就命令萬事通守在旅館，請他通知艾娥達夫人隨時準備動身，而後便一個人離開了旅館他來到了碼頭，特別注意那些準備離港的船隻。已有好些船掛起了信號旗，準備趁著早潮出海。紐約港設備相當完善，每天大概有不下百來艘船進出，往返於世界各地。

福格找來找去，就是找不到合意的船，正打算放棄的時候，發現距離約十分之一浬的地方有一艘機輪船，停靠在砲台邊。船上的煙囪正冒著黑煙，這表示這艘船即將準備要出海。

福格雇了一個船夫送他到那艘亨利埃塔號上去，這艘船除了底殼是鐵製的以外，其餘全是木頭結構。船長是一名看起來年約五十歲，紅棕髮、身材高大，一臉久經風霜的老水手。

福格禮貌地問：「請問您是船長嗎？」

「我就是，幹嘛？」船長粗聲粗氣地瞪著大眼，大聲地吼叫著。

福格說：「我是費雷斯．福格，英國倫敦人。」

「安德魯．史畢迪，英國加地夫人。」船長也報上自己的名字。

「請問您的船要開了嗎？」

「對，一個鐘頭後就出發。」

「那您是要到……」

「波爾多。」

「您船上載的是……」

「我不載貨，只是放了壓艙底的石頭。」

「那請問船上有乘客嗎？」

「我也不載人，人是最累贅也最麻煩的貨。」

「那您的船速度如何？」

「時速十一到十二浬，這裡誰不曉得亨利埃塔號？」

「我們一共有四個人，可以請您送我們到利物浦嗎？」

「去利物浦？你乾脆說送你們到中國去算了！」

「我們只到利物浦。」

「而我只到波爾多！」

「我們願意支付高額船費。」

「再多錢我也不去！」船長的口氣彷若毫無商量的餘地。

「那麼我們租您的船到利物浦去。」

「我不租。」

「不然，我買下您的船。」

「我不賣。」

雖然福格連眉頭也沒皺一下，但是他倒真的遇上前所未有的大難題了，第一次遇到這種連錢都使不上力的局面。然而非得想辦法渡海不可，現在就算肯冒險坐熱汽球也行不通了，無論如何還是得搭船去。

突然，福格靈機一動，他說：「船長先生，那麼請您帶我們去波爾多？」

「都跟你說了不載人，就算你給我兩百美元我也不帶。」

「我給您兩千美元。」

「每人兩千？」船長大眼瞪著福格說。

「是的，每人兩千。」福格不慌不忙地回答。

「你們有四個人？」

「對，就四個人。」

船長看起來好像動搖了，他搔了搔頭，好像要將頭皮整個抓下來似的。

他心想，反正順路，一下子就可以淨賺八千美元，這門生意看來挺划算的；再說兩千美元運送一名旅客，這幾乎已經不算旅客，而是一件貴重貨物了。就這麼答應了吧！

「好，我九點開船，要是你們能來……」船長簡單地說。

「我們一定準時上船。」福格也同樣簡單地回答。

雖然只剩下短短半個鐘頭，但福格還是不改沈著冷靜的作風，回到旅館帶了艾娥達和萬事通來到碼頭，他也同樣邀請法克斯上船，一切都在簡單、迅速、確實的計劃中完成。

當大家都登上了船，萬事通一聽到這一趟的船費數目時，不禁發出了一聲驚呼，一聲「喔！」音調拖得長長的，一路從最高音滑落到最低音，直至沒氣沒聲。

法克斯心裡想，英國國家銀行是不可能毫無損失地結束這樁案件了，因爲到了現在，福格已經足足揮霍了七千多英鎊了。

第3部 踏上歸途

他們終於踏上終點站倫敦的月台時，

所有的鐘錶都指向八點五十分。

費雷斯．福格終於完成他環繞世界一周的旅行任務，

偏偏遲到了五分鐘……

第33章 困難迎刃而解

海面上的風浪越來越大，眼看就要形成颶風，亨利埃塔號就快被巨浪所吞噬了，如果不能避開颶風，那麼隨時可能發生不測。

經過一個小時，亨利埃塔號已經駛過哈德遜河口的燈船，繞過了沙勾角，進入了大西洋海域。一整天，船隻都與長島和火島海岸保持著一定的距離，以極快的速度往東方航行。第二天中午，也就是十二月十三日，船上有一個人正在測定航向。大家一定會猜那是船長史畢迪吧！大錯特錯，那個人正是費雷斯．福格。

至於船長人呢？他現在正被關在船長室裡，大門給落了大鎖，就算他在裡頭氣得大吼大叫，也沒人理他。

事情的經過很簡單，福格打算到利物浦去，但是船長說什麼也不肯去，於是福格就假意要去波爾多，然後在短短的三十個小時，發動金錢攻勢，將整艘船上的水手船員全都收買了。所以，現在負責操控船隻的人，不是別人，就是福格本人。

從他熟練的動作看來，他以前一定曾經在海上生活過。艾娥達雖然一句話也沒說，但心裡仍舊為福格先生擔心不已。法克斯完全搞不清楚現在究竟是怎麼一回事，但萬事通早已樂得跳起來了，他覺得這一招實在要得太漂亮了。

亨利埃塔號始終保持在船長所說的時速十一浬到十二浬之間，如果（天曉得，到現在還有那麼多如果），如果天氣不再變壞，如果不起東風，如果船沒毛病，如果機器不會故障，那麼亨利埃塔號就能利用十二日到二十一日這九天走完紐約到利物浦的三千浬海路。

但法克斯心想，到了英國，英國國家銀行失竊案和這起亨利埃塔號搶奪案合起來，恐怕會叫費雷斯．福格吃不了兜著走。

起初幾天的航行相當順利，海面上一直颳著西南風，亨利埃塔號張起了所有的船帆，行進的速度完全不輸一般的客船。萬事通簡直樂呆了，他對主人的妙計感到雀躍萬分，在船上蹦蹦跳跳的，好不快活！他四處和水手們套交情，又說好話，又請喝酒，讓那些水手們個個不辜負萬事通的好意，全都為了福格先生的這趟航行全力以赴。

萬事通已經將過往的種種困頓全都拋到腦後，一心只想早日到達目的地，有時候他會急得坐不住，就好像亨利埃塔號的鍋爐就在他心裡熊熊燃燒似的。他熱情地對待每一個人，唯獨對法克斯不假辭色。

法克斯對眼前的狀況完全摸不著頭緒，一連串的事件，讓他幾乎來不及應付。亨利埃塔號被福格搶了過來，駕駛船的技術看起來就像是個老練的水手，他簡直不知道該如何作想才好。但法克斯仍說服自己，福格既然能盜走五萬五千英磅，搶一艘船也算不了什麼了。法克斯堅信福格一定不會將船開往利物浦，這個賊一定會在某處搖身一變，變成海盜，永遠逍遙法外，而他絕對不讓這種事發生！他不只一次後悔自己竟然登上了福格的這艘賊船。

十二月十三日，亨利埃塔號駛過新地島附近，這裡冬季總是濃霧瀰漫，風勢兇猛，對航行相當不利。從前一晚開始，晴雨計的水銀柱就迅速下降，果然過沒多久天氣就變壞了。

氣溫變得越來越低，風勢也轉變成東南風，爲了不讓船偏離航道，福格只得將船帆收起，然後加大馬力繼續向東行駛。但海面上掀起的巨浪，已經確實地阻礙了船行的速度了。

海面上的風浪越來越大，眼看就要形成颶風，亨利埃塔號就快被巨浪所吞噬了，如果不能避開颶風，那麼隨時可能發生不測。萬事通的神情變得比天氣還要糟糕，這兩天來，他的心情都一直隨著天氣起伏，對未來提心吊膽。

費雷斯．福格不愧是一名勇敢的海員，不懼兇猛的浪濤，指揮若定地帶領著亨利埃塔號前進，勇於與大海搏鬥，甚至連航速也不曾降低。即使海上掀起巨浪朝著甲板兜頭罩下，船仍繼續前進；即使惡潮將船尾高高舉起，使得螺旋推進器不停空轉，船仍繼續前進。

十二月十六日，已是福格離開倫敦的第七十五天，亨利埃塔號總算越過最不利航行的一段路程，如果現在是夏天的話，早就勝利在望了，但現在是冬天，也就憑添了不少變數。

儘管如此，萬事通還是對自己的主人懷抱著滿懷的希望，認爲即使風向不幫忙，光靠船上的機器也有辦法讓他們順利回到英國。可是，一天，船上的機師特地到甲板上找福格先生，向他報告了一些狀況，萬事通偷聽到了幾句。

福格說：「您所說的可是真的？」

機師說：「千真萬確，我們從開船到現在一直以大火加速前進，那些煤足以開小火由紐約到波爾多，卻不可能夠開大火由紐約到利物浦。」

福格說：「好吧！讓我想一下。」

這下子萬事通完全明白了，他們的煤快要燒光了！

「這可怎麼辦才好？要是主人這次還能化險為夷，那他可真是個不得了的人物了！」萬事通心裡想著。

但是，一碰到法克斯，萬事通就又忍不住把這件事情告訴他。

法克斯聽了咬牙切齒地說：「難道你以為我們真的要到利物浦去嗎？」

萬事通大點其頭：「那是當然的啦！」

「真是大傻瓜！」法克斯搖搖頭，說完就走。

萬事通不懂法克斯所說的「傻瓜」到底是什麼意思，不過，他猜想這個倒楣蛋法克斯現在心裡一定很悔恨，自己像個大傻瓜一樣追著福格先生跑過了大半個地球，現在一定又失望又覺得沒面子。萬事通不想落井下石，也就不去理會他了。

終究，還是讓福格想出辦法來了。

他交代機師說：「繼續燒大火，等煤燒完了再說。」

兩天之後，也就是十二月十八號，機師再度來報煤炭不夠了。

但福格仍說：「繼續加大火，煤沒燒完之前，不能讓機器停下來。」

而後他命萬事通去把那個被足足關了七天的船長史畢迪請出來。萬事通簡直不敢想像那個兇暴的船長被放出來後，究竟會麼樣大鬧一番。不過，既然是主人的命令，他也就只能聽令了。果然，沒幾分鐘，那個又叫又罵的身影，就像顆炸彈一樣跳到甲板上來了，顯然很快就要爆炸了。

船長大嚷：「你把我的船開到哪啦？」他看起來氣得像快中風了。

福格沈穩地說：「距離利物浦七百七十浬。」

「海盜！你這個海盜！」史畢迪氣得大罵。

「先生，我請你來是……」

「海盜！」

「我請您來，是要請您答應把船賣給我。」

「不賣！鬼才賣你！」

「您必須賣我，因爲我要燒船。」

「什麼？」船長簡直要氣炸了。

「是的，至少把上頭的一些裝備燒掉，因爲沒有煤了。」

「你要燒我的船？我這艘船價值五萬美元！」

「我付您六萬美元。」福格將鈔票遞到船長手中。

船長沒了聲音，嘴巴慢慢地合了起來，沒有一個人一次看到六萬美元而不動心的。看來船長這顆炸彈是不會爆炸了，因爲福格已經先將雷管拔掉了。

船長心想，這艘船反正也開了二十多年，早晚也是要汰舊換新的，不如就跟他做這筆生意。於是他說：「那你得把鐵殼留給我。」聲調裡的威力完全減弱。

「成。那些都留給您，那我們就說定囉！」

「一言爲定。」船長將鈔票點數清楚，一把塞進口袋裡。

萬事通覺得自己的心也被船長塞進口袋裡了；至於法克斯則差一點沒暈過去，這個福格已經花掉了兩萬英鎊了，竟然還把最有價值的鐵殼部分送給船長，簡直不可思議！難道他花錢如此漫不經心，是因爲他總共偷了五萬五千英鎊嗎？

「這麼說，現在這條船已經完全歸我了？」

「沒錯，沒錯，這條船從上到下，所有的『木頭』，全都歸您。」

「那麼，就請您命人將所有的家具門窗拆下來，丟進鍋爐裡。」

這一天，所有的人都動員起來了，整個尾樓、工作室、客艙、宿舍、下層甲板全都燒光了。第二天，也就是十二月十九日，連桅桿、桅架和所有備用木料，全部付之一炬。第三天，也就是十二月二十日，所有吃水位以上的木板，包含一大部分的甲板，也統統燒光了。

現在亨利埃塔號只剩下一具空殼了。

這一天，愛爾蘭海岸上的燈塔已經舉目可見，但是一直到晚上十點鐘才到了昆士敦鎮，時間只剩下二十四小時了。由於鍋爐裡的蒸氣不足，連船長都開始爲福格先生能否準時到岸而感到憂心。

他說：「先生，情況對你真是不利，我們現在才到了昆士敦外海。」

福格望了遠方的燈火，問道：「前面就是昆士敦了嗎？」

「是的。」

「那我們能進港嗎？」

「可以，只要等三個小時候漲潮了就能進去。」

「那我們就等吧！」福格心裡有一股預感，足以讓他再度戰勝眼前的困難。

昆士敦是愛爾蘭的一處港口，從美洲來的船都會在這裡卸下郵件，然後快車運往都柏林，而後再從都柏林裝上汽艇運往利物浦，速度比起一般郵輪還要快上十二個小時。

福格打算好好地運用這個方法，這樣他明天中午以前就能趕到利物浦，也絕對就能在晚上八點四十五分以前回到倫敦。

半夜一點，亨利埃塔號順利地駛進昆士敦港，口袋鼓鼓的船長開心地和福格等人分手，除了口袋裡的錢之外，船上剩下的鐵殼少說也還能賣上三萬美元，這教他如何不開心？

四名旅客終於登上了岸。法克斯竟沒有在福格一上岸就動手逮捕他，反而和他們一起搭快車快船前往利物浦。他的內心萬分掙扎，他已經不知道該對費雷斯．福格做如何是想了，他真的是竊賊嗎？還是說他不是？但無論如何他還是要緊跟著福格不放。

於是，他繼續跟著費雷斯．福格，繼續跟著艾娥達夫人，也繼續跟著那個連喘氣時間都沒有的萬事通，一起搭上一點半出發，開往都柏林的火車。天剛亮時，就到了都柏林，一下車，就立刻搭上了渡船汽艇，以鋼梭般的速度輕快地穿過愛爾蘭海峽。

十二月二十一日，上午十一點四十分，福格一行人已經到了利物浦的碼頭，這裡距離倫敦，只需要六個小時就能到達。

就在他們準備僱車直奔倫敦時，法克斯拿出了他口袋裡的那張拘票，走向福格。

他說：「您確實是費雷斯．福格先生嗎？」

福格回答：「是的。」

法克斯高舉拘票，說：「我以女皇政府的名義通知您，您被捕了！」

第34章 偏偏晚了五分

他們終於踏上終點站倫敦的月台時，所有的鐘錶都指向八點五十分。費雷斯．福格終於完成他環繞世界一周的旅行任務，偏偏遲到了五分鐘……

費雷斯．福格被羈押在利物浦海關大樓裡，準備等到第二天再被押送到倫敦受審。

當法克斯亮出拘票要逮捕福格先生的時候，萬事通忍不住就要上前去找那個警探理論，但是隨後趕來的警察，連忙七手八腳地把他拉開，然後硬將福格帶走。突如其來的行動，讓艾娥達嚇得不知所措，她不明白爲什麼那些警察要如此粗魯地將她的救命恩人帶走。

萬事通只得把他所知道的，全都告訴艾娥達夫人。艾娥達聽了不禁氣憤不已，想不到她最爲敬重的福格先生，那樣一位正直、勇敢的紳士，竟會被人當成小偷抓起來。她氣得想向人提出堅決的抗議，卻又不知該向誰追究，情緒激動得忍不住掉下淚來。

萬事通認爲這一切都是他的錯。由於這件事情，使得他們全都陷入了極大的不幸，他忍不住責怪自己，爲什麼要對福格先生隱瞞法克斯的身分呢？爲什麼要讓福格先生在不知情的狀況下，還替那個傢伙出旅費呢？

那個忘恩負義的傢伙，竟然有臉一上岸就動手抓人，簡直是禍害！萬事通即使在心裡懊悔一百次，也於事無補，讓他痛苦得不得了，恨不得一頭撞死。

法克斯在動手之前，內心也是相當猶豫，但是他一想到自己的職責所在，就不能讓任何一位嫌犯逃走，至於福格究竟有沒有罪，那得交由法院來審理。

艾娥達夫人堅持要待在福格先生附近，於是萬事通只好陪著她，不顧天氣寒冷，站在海關大樓外的門廊前，期望可以再見到福格先生一面。就目前的狀況來說，費雷斯·福格是完全垮台無望了，原本他只差一步就能成功贏得賭金，但現在全部功虧一簣。

他們在十二月二十一日上午十一點四十分就抵達了利物浦，距離截止的時間還有九個小時又四十五分鐘，而搭火車回到倫敦只需要六個小時，無疑是勝券在握的，想不到他現在卻被迫困在這個海關大樓裡。如果有個人在這個時候走進那個關福格的房間裡，一定可以看到他一動也不動地坐在一張長凳子上，表情看起來仍然平靜安然。

難道這樣嚴重的打擊，也不會讓他感到驚慌失措嗎？他還沒死心嗎？他還有獲勝的把握嗎？還是他已經決定聽天由命？這些問題的答案，誰也不知道，只知道他依舊安詳地看著桌上的錶，盯著走動的指針，一動也不動，一句話也不說。

沒有人知道福格現在內心的想法，但每個人都體會得出福格現在的窘境。他如果是一名真正的君子，那麼現在他的名聲全毀了，身家財產也盡付闕如；他如果是一名真正的竊賊，那麼現在他也已經被抓住，無處可逃，一籌莫展了。

並不是他不想逃走，在他被關入這間屋子時，他都勘察過周遭的環境，唯一的出口大門被鎖得死緊，每一扇窗也都裝上了鐵欄杆。

福格拿出他的旅行計劃表，在最後一行上寫著：十二月二十一日，星期六，到達利物浦。而後又寫了：上午十一點四十分，第八十天。

這時海關大樓的大鐘敲響了一點報時的鐘聲，福格對了一下錶，快了兩分鐘。

兩點報時的時候，如果他能立刻搭上快車，那麼他就能在八點四十五分之前回到倫敦，趕到改良俱樂部的大廳。他終於微微地皺了皺眉……。

當指針走到兩點三十三分的時候，突然門外傳來一陣喧嚷聲，而後門鎖被打開了。

福格的眼睛閃動了一下，他聽見了萬事通的聲音，也聽見法克斯的聲音。

房門一開，他看見艾娥達夫人走了進來，而後跟著萬事通和法克斯。法克斯看起來像是跑了一段很遠的路程，有點上氣不接下氣。

法克斯結結巴巴地說道：「先生……請……請您見諒……很抱歉耽誤您的時間，實在是……實在是那個小偷太像您了……那個銀行竊賊已經在三天前被捕了……您……您現在可以走了……」

也就是說福格自由了？沒事了？

福格神情依舊未變，只是直盯著法克斯的臉，快速地走向他，做出也許是他生平第一次的舉動——雙手猛然左右向後擺動，朝著那個笨警探痛揍了兩拳，動作快得幾乎沒人看見。

萬事通大叫：「揍得好！」他還不改法國人的本色，忍不住出言挖苦嘲弄，「哼！這才算是真正的英國拳法呢！」

被揍倒在地的法克斯，一聲不吭的，因爲他明白自己是自作自受。

福格二話不說，立刻帶著艾娥達和萬事通搭上出租馬車，沒幾分鐘就到了利物浦車站，可是車子已經在三十五分鐘以前開出了，下一班車還有得等。他立刻向鐵路人員詢問，要求租一班專車，送他們到倫敦。

原本依照鐵路規章規定，在三點鐘以前，是不能讓旅客租用專車的，但是福格承諾了一大筆獎金，便帶著艾娥達夫人和自己的忠僕萬事通乘坐快車，向倫敦飛馳。

如果火車能一路直達，在五個半小時內到達倫敦，那麼福格還能趕得上最後時限，但是沿途上，就是有些原因需要臨時停車，耽擱了不少時間。

當他們終於踏上終點站倫敦的月台時，所有的鐘錶都指向八點五十分。

費雷斯·福格終於完成他環繞世界一周的旅行任務，偏偏遲到了五分鐘……

這表示，他輸了。

第35章 破產前的求婚

當萬事通被鈴聲喚回這個房間，看見福格先生仍然緊握著艾娥達夫人的小手，他心裡明白這對愛情鳥終成眷屬了。

沒有人知道賽維勒街那幢白屋的主人已經回到家了，整幢屋子看起來仍然像八十天前一樣，門窗全都關得緊緊的。但事實上，昨天福格離開車站之後，只有簡單吩咐萬事通去採買一些食物外，就偕同艾娥達夫人回到賽維勒街的房子裡。

即使這名紳士已經破產垮台，在他的臉上也看不出任何沮喪之情。這樣子更讓艾娥達感到擔心。萬事通則痛苦得無以復加，這都是那個笨蛋警探的錯，要不是法克斯，福格先生早就獲得勝利了。一路上他掃除了種種阻礙，歷經了無數危險，甚至還做了不少善事，但是現在，他賭輸了賭注，也等於失去了一切。福格帶出門的錢，花得只剩下零頭，而存在巴林兄弟銀行裡剩下的兩萬英鎊，也必須付給那幾位改良俱樂部的朋友。雖然說，他打賭並非想贏錢，純粹為榮譽，但一旦他輸了，不但聲名一敗塗地，錢財也全部化為烏有。

艾娥達夫人被安置在一間舒適的客房裡，她的神情相當沮喪，她早猜想到福格先生會有什麼樣令人傷心的計劃，等著告訴她。萬事通也同樣心知肚明，他知道像他主人這種愛鑽牛角尖的英國人，極有可能爲自己選一條悲慘的路來走。所以，他無時無刻地注意著主人的動向。此外，他也回到自己的房間裡，把那盞足足開了八十天的瓦斯燈關掉，他已經在信箱裡收到瓦斯公司寄來的帳單了，這筆肯定算在他頭上的錢，絕不能再繼續增加下去了。

第八十天，就這麼過去了，福格先生像平日一般回房休息，他是不是真的睡著，是個無人得知的謎題；艾娥達夫人，整夜不能闔眼，而萬事通整晚像條忠犬似地守在主人門外，擔心會發生什麼意外。幸好，除了氣氛低沈之外，一夜相安無事。

第二天清晨，福格準時吩咐萬事通爲艾娥達夫人準備用餐，請她晚上挪出時間，有事相商。而他自己則要待在房裡，只需送來一杯茶和烤吐司就夠了，一整天都不要再來打擾他。

萬事通一點也不想離開主人的房間，他覺得他有必要向主人認錯，如果他能事先向主人示警的話，就不會讓主人落到這等境地了。

萬事通向主人哀聲懇求著：「福格先生，請您懲罰我吧，這一切都是我的錯……」

但福格仍然無比鎮靜：「出去吧！我並不想責怪任何人，去把你該做的事辦好。」

萬事通只得滿心不情願地離開，來到艾娥達夫人的房間。

他將福格交代的話，一字不漏地轉告艾娥達夫人，同時也向她請求：「夫人，我沒辦法了，我對主人一點影響力也沒有，也許您可以……」

艾娥達夫人喃喃地說：「我又能對他有什麼影響力呢？福格先生是不會聽從我的，他又如何會知道我對他的感激？他又何嘗明白我的心思呢……忠實的萬事通，請您回去他的身邊吧，請您牢牢地守在他的身旁吧，千萬別讓他發生任何事……您剛才說福格先生今天晚上要找我談話是嗎？」

「是的，夫人，我猜想一定是要與您討論日後在英國定居的問題。」

「好吧。」艾娥達面帶沈思地說。她並不埋怨福格先生不能一起用餐，她也明白命運的一刻終會來臨。

這個星期日，這幢賽勒維街的房子正籠罩在一股前所未有的陰鬱氣氛之下，顯得特別沈寂，彷若無人在此居住似的。當國會大廈的大鐘十一點半報時時，這是第一次費雷斯．福格沒有準時離家前往改良俱樂部。

是的，現在他再去那裡又有什麼意義呢？在昨天晚上他沒有在八點四十五分出現在改良俱樂部大廳裡，他已經輸掉了所有的賭注了。他也不必再去巴林兄弟銀行了，因爲那幾位共同打賭的紳士手中的支票，證明了他戶頭裡所有的兩萬英鎊已經不再屬於他的了。

既然福格沒有必要出門，他就索性不出門了，他一個人待在房間裡，安排著所有的事物。

萬事通在家裡樓上樓下地走來走去，他不時附在主人的房門口偷聽，偶爾還從鑰匙孔裡面偷看，以防主人發生什麼意外，他覺得這些全是他的責任。至於艾娥達夫人，也是整天緊鎖著眉頭坐著，一句話也不說。

晚上七點半，福格終於離開他的房間，與艾娥達夫人碰面。萬事通備妥了茶點，就讓他們兩個留下來獨處，他很希望艾娥達夫人能夠好好勸勸他的主人。

福格坐在艾娥達的對面，臉上一點激動的表情也沒有，依然安詳，依然寧靜。足足沉默了五分鐘。終於，他抬起頭來正視艾娥達的眼眸。

他說：「夫人，您能原諒我任性地將您帶到英國來嗎？」

「福格先生，我……」艾娥達一句話也說不出來，撫著跳動得飛快的心，輕促喘著氣。

福格繼續說：「請您先聽我說，當時我執意將您帶來英國，是因爲我有把握能夠提供您衣食無虞的生活，也讓您遠離那些可怕與悲慘。但是，現在一切不同了，我破產了，我無法再達成我的承諾。」

這名年輕的女士，努力讓自己保持平靜地說：「福格先生，那您又能諒解因爲我才拖累了您的腳步，讓您輸了這場賭注嗎？」

「夫人，請不要這麼想，您絕對不能再留在印度，唯有離開那裡，才可以確保您不會再受到那些宗教狂熱分子的傷害，您的安全才有保障。」

「福格先生，您已經將我由可怕的死亡悲劇中救了出來，我又如何能乞求您再爲我安排一個安定的生活？」

「這是我心甘情願的，夫人。可是現在事與願違，我只能冀望您會願意收下我剩下的所有財產，至少能作爲您日後的生活之用。」

「我不能這麼做，若您將僅有的財產全給了我，那您日後怎麼辦呢？」

「我嗎？夫人，請您不用擔心，我什麼也不需要。」福格的聲調仍聽不出任何情緒起伏，卻更令艾娥達感到憂傷。

「福格先生，事情尚未絕望，您的朋友一定願意……」

「夫人，我沒有朋友。」

「那您的親戚呢？」

「我也沒有任何親人了。」

「喔！我好抱歉，福格先生，我明白孤獨一人的痛苦，難道沒有其他的人能夠爲您分擔些什麼嗎？俗話不是說，痛苦猶如千金重擔，兩人分攤勝過一人獨扛？」

「話是這麼說沒錯。」

艾娥達站了起來，她走到福格身邊，緊緊握住他的手說：「那麼，您願不願意讓我當您的朋友和您的親人？您願意娶我爲妻嗎？」

福格聽了艾娥達的話，也跟著站了起來，他一雙明目閃著不尋常的光彩，緊鎖住艾娥達的臉龐，那張始終猶如戴著面具般的冰冷表情終於綻裂開來。艾娥達夫人同樣深情地回望著他，傳遞出自己最真摯、直率、堅定且溫柔的情感。從艾娥達的眼中可以看出，她已深愛這名英勇拯救她的紳士，願意為他赴湯蹈火，願意與他同甘共苦。

福格閉起了眼睛，彷彿想要躲避她那美麗的眼眸、熱切的目光，重拾自己冷靜的一面。但他也同樣無法逃避自己內心的想望。他睜開眼，再度迎視艾娥達的視線，說：「是的，我愛您，我願意向上帝發誓，我全心全意愛您，我願成為您的所有！」

艾娥達將撫在胸口，按在心上，聽見福格深情的話語，讓她感動得幾乎無法自持。

當萬事通被鈴聲喚回這個房間，看見福格先生仍然緊握著艾娥達夫人的小手，他心裡明白這對愛情鳥終成眷屬了。他完全掩不住興奮之色，圓圓的臉龐紅得發亮，就好像是熱帶的夕陽，又圓又紅又亮，高興得彷彿是自己的喜事一般。

福格請萬事通立刻跑一趟瑪莉勒波教堂，向山繆．威爾遜神父提出證婚的請求，他有點擔心現在時間會不會太晚了。但萬事通立刻大叫：「不晚不晚，這種事什麼時候也不會太晚！」他簡直笑得合不攏嘴了。

「那麼我們就把日期定在明天，星期一好嗎？」福格詢問艾娥達夫人的意思。

「好，就在星期一。」艾娥達夫人欣然同意。

萬事通立聽令奔出大門。

第36章 「福格股票」再度炙手可熱

剩下五秒！門外突然傳來震耳欲聾的掌聲、歡呼聲，隱約夾雜著不少咒罵聲。就在指針走到最後一秒時，費雷斯竟然在群眾簇擁之下衝進了大廳。

打從英國警方於十二月十七日在愛丁堡逮捕了一名名爲傑姆．史特朗的竊賊，原本沈寂已久的福格股票再度熱門了起來。這名竊賊就是真正盜走英國國家銀行五萬五千英鎊的人。在這天之前，費雷斯還是一個被警方追捕的嫌犯，現在他已經被證實是一名正人君子，而且正在進行環繞世界一周的不可思議任務。

整個倫敦再度沸騰起來，人人都在議論紛紛，究竟福格現在人在哪裡？他真的繞著世界旅行一周嗎？本來早把這件事給忘得一乾二淨的人，現在全部重拾記憶，把那些原本視爲廢紙的打賭契約給找了出來。

也就是說，費雷斯．福格的大名，又在股票市場了成了炙手可熱的搶手貨。

至於當時在改良俱樂部和福格打賭的五位紳士，這幾天則過得相當苦悶，本來已經在他們生活中消失的福格先生，現在再度出現了。直到十二月十七日，也就是傑姆．史特朗被捕當日，福格已經離開了七十六天，至今仍杳無音信，他是已經放棄，還是說仍依循著路線完成任務？這名事事力求精準的紳士，真的會在十二月二十一日星期六晚上八點四十五分，準時出現在改良俱樂部大廳門口嗎？

他們發了許多電報前往美洲和亞洲，也派人日夜在福格賽維勒街的住處外站崗，可是至今仍沒有任何的消息，連警方也不知那個聲稱自己已追蹤到嫌犯的警探法克斯人在哪裡。但儘管如此，以此打賭的人卻越來越多，原本跌到百分之一的福格股票，現在已從五十分之一、二十分之一、十分之一、漲到五分之一了，半身不遂的阿爾巴馬爾老爵士，更以原價收購這種股票。

十二月二十一日終於到了，許多的人守在改良俱樂部門口，現場一片亂哄哄的，還有人在不停的喊價，就像真的在英國股票交易所裡一樣。警察派出了大批警力前來維持秩序，越接近期限的時間，群眾的情緒益發激動。

兩位銀行家約翰・蘇利文和山繆・法蘭汀，工程師安德魯・史都華，英國國家銀行董事高傑・羅夫，啤酒商湯瑪士・弗納根從一大早就來到了改良俱樂部，滿心焦急地等著。

當大廳裡的時鐘指向八點二十五分時，史都華站了起來。

他說：「再過二十分鐘，時限就到了。」

弗納根問：「利物浦開來的車，最晚幾點開？」

「七點二十三分，錯過這班的話，下一班得到午夜十二點十分才到得了。」羅夫回答。

「那麼各位，這麼說費雷斯．福格要是搭七點二十三分的車，現在早該到的，如果他沒搭上，那他就輸定了。」史都華得意地宣佈。

法蘭汀說：「慢著，慢著，別這麼早下結論，要知道福格最強調的就是精準和剛剛好，所以，他要是在最後一分鐘才走進這個大廳，我是一點也不會感到奇怪的。」

「我不相信這種事，我們等著瞧好了。」史都華仍然嘴硬不肯認輸。

「說實話，福格會答應這個賭約也真是太草率了，不管他多精明，只要旅途中隨便耽擱個兩三天，不就輸定了嗎？」弗納根搖搖頭說。

「還有一點，他這一路上到處都有電報局，可是我們卻一點消息也沒有，不是很奇怪嗎？」蘇利文說。

史都華接著說：「沒錯，他輸了，各位，他百分之百沒有贏的機會了。再說，如果他想及時回來，唯有搭中國號才來得及從紐約回到利物浦，可是報紙上卻沒有他的名字，就算他一路順暢，現在最多也不過才到美洲而已，我敢說他至少要遲上二十多天才能到。那個阿爾巴馬爾老爵士至少也得賠上五千英鎊了！」

「嗯，我們就等著明天到巴林兄弟銀行去把那兩萬英鎊給領出來了。」羅夫笑著說。

此時，大廳裡的時鐘指針已經指向八點四十分了。

距離最後期限，只剩下五分鐘！

史都華說：「還剩下五分鐘。」

五位紳士彼此對看了一下，陸續在牌桌旁坐了下來，儘管他們心如擂鼓，神情上也絕對不會顯露出來。然而，這筆賭注實在太大，就算是他們也不免感到緊張萬分，拿牌的手，略略有點不穩。

史都華說：「即使有人出價三千九百九十九英鎊，我也絕不會出讓我那份四千英鎊的賭約。」指針已經走到了八點四十二分。

同坐的紳士雖然手裡拿著牌，卻全都眼睛盯著大鐘看。他們覺得自己已經勝利在握，卻也覺得從來不曾覺時一分鐘的時間有這麼長。

「八點四十三分了。」弗納根邊說，邊切了羅夫洗好的牌。

四處一片沈寂，與俱樂部外的鼎沸人聲成了截然的對比。時鐘指針每移動一秒，就發出了一聲滴答聲，和在場紳士的心跳聲相互輝映。

「八點四十四分了！」蘇利文的聲音裡，有一種難以察覺的激動。

只剩下不到一分鐘了，所有的人都停下了手上的動作，看著指針一秒一秒的數著時間。

剩下二十秒！

剩下十秒！

剩下五秒！門外突然傳來震耳欲聾的掌聲、歡呼聲，隱約夾雜著不少咒罵聲。

剩下三秒！每一位紳士都坐不住了，就在指針走到最後一秒時，費雷斯竟然在群眾簇擁之下衝進了大廳。這名始終一板一眼、事事講求精準的紳士，整了整衣服，沈靜地說：「各位，我回來了。」

第37章 費雷斯・福格只賺得了幸福

福格在八十天內，利用了輪船、火車、馬車、遊艇、商船、雪橇和大象等各種交通工具，順利地環繞世界一周，他得到了什麼呢？

沒錯，那正是費雷斯・福格本人。

爲什麼福格會出現在這裡呢？他不是輸了賭注了嗎？

大家還記得福格曾叫萬事通去教堂和神父約定於星期一舉行婚禮嗎？沒錯，他確實去了。可是他足足在教堂裡等了二十幾分鐘，就是不見神父蹤影。

當他從教堂裡衝出來的時候已經是八點三十五分了。他跑得那麼急，頭髮被吹得亂七八糟，帽子也不知飛到哪裡去了，他什麼都不管，只知道要飛快跑回福格先生的家。不到三分鐘，他就衝進了賽維勒街白屋的大門，福格先生和艾娥達夫人全都詫異地盯著他。

福格問：「怎麼了？」

「主……主人，結……結婚……不可能……」

他跑得上氣不接下氣，一句話都說不完整。

「不可能？」福格問。

「對，明天不可能舉行婚禮……」萬事通幾乎喘不過氣來。

「爲什麼？」

「因爲明天是星期日！」

「明天是星期一。」福格的聲調平穩，彷彿這是件再簡單不過的事實。

「不……不對，今天是星期六……」

「不可能。」

「可能，可能，今天就是星期六，快！只剩下十分鐘了……」萬事通二話不說抓起主人的衣領，抓著他瘋狂地往外跑。

費雷斯．福格就這麼被拖著跑，跳上一輛出租馬車，丟下一百英鎊的賞金，一路撞飛了兩隻野狗，撞壞了五輛馬車，終於到了改良俱樂部。

當他走進改良俱樂部大廳，時鐘指針恰巧指著八點四十五分。

沒錯，費雷斯．福格得到了兩萬英鎊的賭金，他成功地在八十天內環遊世界一周。

爲什麼呢？爲什麼像福格這樣講求時間精準的人，會把時間算錯呢？他怎麼會把星期五當成星期六呢？

這是因爲他們一路向東走，所以多了一天的時間，要是他往西走的話，就會少了一天。

由於他們每經過一度經線，就提早了四分鐘，所以，當他們繞過地球，經過了三百六十度，就足足提早了二十四小時。

換句話說，當福格看到了八十次日出時，他在倫敦的朋友只看到了七十九次，所以在福格以為今天是星期日時，他的朋友正依約在俱樂部等他回來。如果萬事通那個永遠指示倫敦時間的銀錶也能顯示出日期的話，他們就絕對不會認錯了。

所以，福格贏得了兩萬英鎊的賭金，但是由於他一路上已經花了差不多一萬九千英鎊，所以從金錢的角度上看來，他實在沒佔到什麼便宜。

不過，我們之前已經提過，這名紳士爭的是面子而不是錢財，所以他連剩下的一千英鎊也分給萬事通和法克斯了。

對於這個處處和他作對的警探，福格並不與他多加計較，不過，他倒是結結實實地先把萬事通那足足燒了一千九百零二十個小時的瓦斯費給扣掉了。當然，他這麼做也是無可厚非的，誰叫那是萬事通自己的疏失呢？

當天晚上，當福格得以再度與艾娥達夫人獨處時，他以同樣平靜的語氣詢問艾娥達夫人：「夫人，關於我們結婚一事，您會有異議嗎？」

艾娥達夫人回答：「福格先生，這話應該由我來問您才對，昨天您是破產了才答應我們的婚約，而現在……」

「夫人，請您別這麼說，這筆財富是屬於您的，如果不是您提議我們結婚，我的僕人就不會去教堂找神父，那我們也就不知道我們弄錯了日期，所以……」

「噢，親愛的福格……」年輕的女士輕輕地喚著。

「親愛的艾娥達……」沈穩的紳士靜靜地回答。

四十八小時後，如期舉行婚禮，萬事通看起來更是神清氣爽，滿面紅光，因爲他得以榮當艾娥達夫人的證婚人。

這可讓他樂呆了，可不是嗎?還有誰比他更爲合適的呢?他可是曾經赴湯蹈火地救過艾娥達夫人一命呢！

第二天天還沒亮，萬事通就跑去敲主人的房門，有一件事他突然想到，讓他再也睡不著，非得立刻告訴主人不可。

福格打了開門，沒有任何驚愕的神色，問道：「萬事通，怎麼了?」

「先生，我剛剛想起來，其實我們只需要七十八天就能環繞世界一周了。」

福格先生說：「是這樣沒錯，可是如果不橫越印度，我們就不能救艾娥達夫人，而現在她也不會成爲我的妻子了……」

福格輕輕地將房門關上，萬事通對於這個答案可滿意得很呢！

費雷斯．福格在八十天內，利用了輪船、火車、馬車、遊艇、商船、雪橇和大象等各種交通工具，順利地環繞世界一周。在這趟旅途之中，這名性情古怪的紳士，發揮了精確和沈穩的毅力特質，他得到了什麼呢？

他真的一點收穫也沒有嗎？除了那位如花似玉的艾娥達夫人以外，恐怕是如此吧！不過這名迷人的女性，卻為他帶來了一生的幸福。

難道人類真的不能用更短的時間環繞世界一周嗎？

•全書完

媲美《哈利波特》的心靈魔法書

THE SECRET GARDEN

秘密花園

這是一部關於大自然魔法和心靈成長的經典名著，
也是一部和《哈利波特》一樣領盡風騷的暢銷作品，
《哈利波特》的魔法來自幻想，
帶給讀者的是奇幻的故事和天馬行空的想像，
《秘密花園》的魔法則來自於心靈的力量，
訴說著愛和大自然的力量最終會改變一個人的愛情和命運，
《秘密花園》不僅是一本適合青少年閱讀的心靈魔法書，
同時也是適合成人閱讀的命運魔法書。

法蘭西絲・H・勃內特 *Frances H.Burnett* 著

幽默作家 馬克吐溫 鼎力推薦・風靡全球的超級暢銷經典巨著

露西・M・蒙歌瑪莉 *Lucy Maud Montgomery* 著

國家圖書館出版品預行編目資料

環遊世界八十天／
儒勒・凡爾納著. 一第 1 版. 一：新北市, 前景
民 107.11 面；公分. - (文學經典：10)
ISBN◉978-986-6536-73-1 (平裝)

作　　者　儒勒・凡爾納
譯　　者　楚　茵
社　　長　陳維都
藝術總監　黃聖文
編輯總監　王　凌
出 版 者　前景文化事業有限公司
行銷企劃　普天出版家族有限公司
新北市汐止區康寧街 169 巷 25 號 6 樓
TEL／(02) 26921935 (代表號)
FAX／(02) 26959332
E-mail：popular.press@msa.hinet.net
http://www.popu.com.tw/
郵政劃撥 19091443 陳維都帳戶
總 經 銷　旭昇圖書有限公司
新北市中和區中山路二段 352 號 2F
TEL／(02) 22451480（代表號）
FAX／(02) 22451479
E-mail：s1686688@ms31.hinet.net
法律顧問　西華律師事務所・黃憲男律師
電腦排版　巨新電腦排版有限公司
印製裝訂　久裕印刷事業有限公司
出 版 日　2018 (民 107) 年 11 月第 1 版
ISBN◉978-986-6536-73-1　　條碼 9789866536731

文學經典
10
環遊世界八十天

普 天 之 下 · 盡 是 好 書

普天出版家族
Popular Press Family

凌雲 A-Plus Creative Company 文創